Der Kondor · Brigitta

고려대학교청소년문학시리즈 025

Der Kondor ·
Brigitta

아달베르트 슈티프터
권영경 옮김

콘도르 · 브리기타

고려대학교출판부
KOREA UNIVERSITY PRESS

차례

콘도르

1. 밤

아름다운 유월의 달밤 두 시, 수고양이 한 마리가 용마루를 따라 천천히 걸어오면서 달을 바라보고 있었다. 비스듬히 별빛을 받은 한쪽 눈은 푸른 도깨비불처럼 반짝이고 다른 한쪽 눈은 콜타르처럼 새까맣다. 슬그머니 지붕 끝으로 다가온 고양이는 이윽고 창문 안을 들여다보았다. 그리고 나는 그 창밖을 내다보았다. 고양이는 다정하고 새까만 눈망울로 나를 뚫어지게 바라보면서 의아한 표정으로 물어보는 듯했다.

"헤이 친구, 오늘 밤은 어떻게 된 거야, 이 야심한 밤에 창밖을 다 내다보고. 평소 같으면 꿈나라에 있을 양반이.

밤 산책을 하다 가끔 들여다보면 정신없이 곯아떨어져 있던데? 화색이 도는 건강한 얼굴로 말이야."

"에이, 친구."

나는 무언의 질문에 대답해 주었다.

"세월이 변했지. 보시다시피 저기 침대 위의 하얀 베게는 구김살 하나 없이 그대로 놓여 있고, 창문 사이로 어른거리는 둥근 보름달이 위에서 사랑스럽게 비추고 있지 않나, 잠자는 내 얼굴을 비추는 대신 말이야. 난 밤하늘을 보기 위해 난간에 그 얼굴을 좀 내밀어야 한다네. 오늘 밤하늘엔 지금까지 보지 못한 아주 신기하고 멋진 별이 올라올 거야. 빛은 나지 않을지 모르지. 하지만 성공을 하면, 밤하늘의 어떤 별과 달보다도 찬란하고 화려하게 빛날 걸세. 물론 자네의 반짝이는 두 눈도 예외는 아니겠지."

고양이는 내 말을 알아듣기라도 한 듯 눈을 굴리더니, 잠깐 눈을 감았다가 다시 한 번 크게 뜨고는 다정하게 나를 바라보았다. 고양이의 두 눈은 검은 빛으로 반짝거렸다. 부드러운 털로 휩싸인 옆구리를 웅크리면서 그 친구는 비스듬히 내 손에 기대었다. 계속 쓰다듬어 주자 기분이 좋은 듯 그르렁거리기 시작했다.

"자네도 하늘을 볼 줄 아는 예리한 눈을 가졌다면 알겠지만, 긴긴 달밤에는 정말 볼 것이 많지. 헌데 난 여태 그걸 몰랐어. 달밤에 이렇게 홀로 앉아 진심으로 하늘을 바라볼 여유가 그동안 내게는 없었거든. 따뜻한 봄날 밤하늘의 변화를 연구할 마음은 있었지만, 고대하던 밤하늘이 다가오지 않았다고나 할까."

내 친구인 고양이 힌쩨에게 털어놓은 것은 모두 진실이다. 언젠가 이 글을 볼지 모르는 인간에게 이런 사실을 털어놓지 않는 이유, 사실 밤새도록 창가에 매달려 하늘을 바라보는 나의 어리석고 불행한 운명에 대해 말하지 않는 이유는 나도 모른다. 바보 같은 생각이긴 하지만, 내가 겪었던 것을 예전에 경험해 본 사람이라면 누구나 나처럼 이 높은 곳에 나앉아 있게 되리라.

시간은 느리고 지루하게 흘렀다.

유감스럽게도 너무 일찍 올라온 것 같다. 어두운 저녁 골목길은 아직 지치고 무거운 발걸음을 끌며 지나가는 사람들로 북적거리고 있었다. 거대한 두 개의 굴뚝 사이로 붉은 장밋빛 얼굴을 내민 채, 나의 두 창문으로 인사를 건네는 아름다운 달과는 유난히 어울리지 않는 광경이었다.

사람들은 모두 밤의 장막 속으로 기어 들어가 버리고, 흥청거리다 밤늦게 귀갓길을 찾아 헤매는 소리만 여기저기서 맴돌았다. 그 소리마저 사라지자 이내 밤의 정적이 찾아왔다. 철학자, 시인 그리고 고양이가 좋아하는 밤이다. 네 발 달린 내 친구의 산책 시간에 대한 취향도 그리 나쁘지 않은 편이다. 드디어 지붕을 벗어난 달이 푸른 밤하늘 높이 솟아오르자 하늘은 화려하게 반짝이기 시작했다. 은빛은 구름을 온통 물들이며 양철지붕 사이로 쏟아져 내렸다. 피뢰침과 용마루, 교회 탑은 그 빛에 번득였다. 광활한 대도시의 지붕 위로 연한 잿빛 연기가 지나갔다. 마치 잠자는 사람들의 수많은 가슴을 덮고 있는 베일과도 같았다. 도시 위를 덮고 있는 뿌연 스모그 속에 유일하게 반짝이는 황금빛 점은 저 건너 다락방에서 깜빡이는 호롱불 빛뿐이었다.

가엾은 세탁부가 사는 작은 다락방에서 불빛이 새어 나오고 있었다. 방에는 중태에 빠진 어린아이가 누워 있었다.

온 세상이 너무 아름답다. 그렇게 시간은 한 시간씩 흘러가고 굴뚝 그림자는 오래전에 방향을 바꾸었다. 은빛 달은 이미 산 너머로 거의 넘어갔고 사방은 쥐 죽은 듯 고요한 정적이 감돌았다. 내 방과 가엾은 여인의 방에서 흘러나오는 희미한 호롱불만 깨어 있었다.

하지만 내가 찾고 있는 것은 아직 보이지 않았다.

힌쩨는 내게 들르지 않고 두 번이나 지붕을 넘어갔다. 밑에서는 희미한 달빛의 마법에 걸려 깊은 잠에 빠져든 대도시의 숨소리가 들리는 듯했다. 밤새 그랬듯이 하늘은 여전히 그 자리에서 외로이 반짝이고 있었다. 나는 하염없이 하늘을 바라보았다. 온 세상은 시시각각 점점 조용해지는 것 같았고, 천구의 반을 넘어선 달은 눈에 띄게 움직이며 푸른 초원이 있는 남쪽으로 가던 한 무리의 양털구름 떼를 고요히 비추고 있었다. 저녁 무렵부터 서쪽 하늘에 머물면서 밤새도록 아메리카의 태양을 반사했던 두터운 구름층의 열기는 이제 사라지고 달빛에 젖어 들고 있었다. 구름

따라 흐르는 듯 달빛은 창백하고 은은했다.

바로 그 때 두 시를 알리는 종이 울렸고, 힌쩨가 나타났다. 오늘 같은 밤 힌쩨는 특히 내게 소중한 친구가 되어 준다. 조심스럽게 다가온 힌쩨와 나 사이에 앞에서 이야기했던 무언의 대화가 시작된 것이다. 물론 그리 오래가지는 않았다. 그는 배회하는 일로 나는 지루한 세상 구경으로 각자 자신의 일에 몰두했던 탓에 우리 둘의 대화는 금방 시들해졌다.

그러는 동안 여인의 방을 밝히고 있던 작은 호롱불은 꺼져 있었다. 곧 또 다른 호롱불에 불이 붙지 않을까 염려스럽다. 아침이 밝아 오려는지 이미 희미하게 먼동이 트고 있었기 때문이다. 지금까지 따뜻하고 고요했던 대기에 바람이 일기 시작했다. 서늘한 아침 바람이 두 번이나 내 얼굴을 스쳤고, 산 위에서 흘러내리는 봄눈 녹는 소리도 또렷해지고 있었다.

두 개의 긴 구름층 사이로 문득 나타난 엷고 밝은 하늘띠가 어둠층을 서서히 밀어내는가 싶었다. 재빨리 망원경을 잡고 하늘로 향했다. 별, 구름, 반짝이는 하늘이 망원경 안에서 어른거렸지만, 그런 것에는 아랑곳하지 않고 망원경 초점에 집중했다. 드디어 커다란 검은 구체가 포착되었다.

맞았다, 드디어 예상이 적중한 것이다. 연홍빛 복사꽃처럼 희미한 새벽하늘의 붉은 빛 속으로 커다란 검은 구체가 눈에 띌 듯 말 듯 미세하게 움직이면서 서서히 떠오르고 있었다. 그 아래 보일 듯 말 듯 연결된 가는 끈, 망원경에 비친 장면 속에서 흔들리는 점 하나가 하늘에 그려 놓은 줄표처럼 잡혔다. 작은 배가 보인다. 세 사람을 실은 흰 카드처럼 작은 배는, 붉은 햇살이 밝아 오기도 전에 구름에서 아침이슬 떨구듯 이들을 떨어뜨릴지 모른다.

코르넬리아, 오 무모하고 가엾은 그대여! 신의 가호가 깃들기를!

망원경을 치웠다. 시야에서 점점 멀어짐에 따라 배를 묶어 놓은 기구의 끈이 보이지 않았기 때문이다.

처음의 예상처럼 두 번째 사실도 이제 자명해졌다. 안녕, 내 사랑, 너무도 아름답고 고결하지만 또한 너무도 무모한 여인을 너는 알고 지내지 않았는가, 또한 그녀를 사랑하지 않았는가?

다시 망원경을 들여다보았지만 열기구는 더 이상 보이지 않았다. 구름 뒤에 가려 사라진 모양이었다. 하늘을 바라보며 한참 동안 기구를 찾아보았지만 더 이상 아무것도 발견할 수 없었다.

무기력함과 불안함이 엄습하는 착잡한 기분으로 망원경을 내려놓고 창공을 응시하던 중 또 하나의 이글거리는 둥근 형체가 올라왔다. 그 찬란한 빛은 활기찬 대도시 위로, 나의 창가로, 맑고 텅 빈 하늘 위로 퍼져 나갔다.

2. 낮

이상은 어느 젊은이의 일기장에서 그대로 옮겨 놓은 것이다. 젊은 예술가는 화가 지망생이었다. 곧 스물두 살이 다 되어 가지만, 금발에다 곱슬머리인 화가는 열여덟 살도 채 안 돼 보일 만큼 소년티를 벗어나지 못한 앳된 모습이었다. 하얀 얼굴에 아직 홍조가 남아 있는 순수한 모습에 애지중지 기른 코밑수염은 어딘지 모르게 유치하면서도 반항적으로 보였다. 말쑥한 이마 아래의 열정적인 푸른 눈. 이마에는 어린 시절의 순수함이 고스란히 남아 있었다. 어릴 적 한적한 산간 동네에서 자란 그는 자연의 순박함을 잃지 않고 있었으며, 대도시 생활을 한 탓인지 나이에 비해 아는 것도 많았다.

젊은 화가는 일기에 남긴 대로 그렇게 특별한 밤을 보내고 이른 아침까지 창가에 앉아 있었다. 다락방에는 점차 따뜻한 아침햇살이 들어오기 시작했다. 그는 천으로 된 낡은 안락의자의 높은 등받이에 기대앉아 있었다. 의자에 박힌 수많은 노란색 못들에 햇살이 반사되어 온통 작은 별빛처럼 반짝거렸다. 손을 무릎에 올려놓고, 시선은 화가畵架에 세워 놓은 텅 빈 캔버스를 보고 있었지만, 그림은 안중에도 없었다. 우수에 잠긴 깊은 눈빛에는 근심이 어려 있었고, 마음속에서 끓어오르는 침울한 고통이 순수하고 고집스러운 얼굴에 그대로 드러났다. 하얀 백지 위에 대도시에서의 열정적인 삶이 시작되었다는 첫 타이틀이 기록된 셈이다. 즐거움과 불안으로 가득하지만, 평화로움으로 충만했던 어린 시절과는 전혀 다른 삶이 시작된 것이다.

사랑은 아름다운 천사다, 그러나 믿었던 사람에게 배반당한 사랑은 죽음의 천사와 다름없다!

그의 밤 친구, 집주인의 고양이 힌쩨는 창가의 넓은 난간에 누워 아침햇살을 받으며 잠들어 있었고, 얼마 떨어지지 않은 그 옆 천사 그림 위에는 망원경이 놓여 있었다. 내려다보이는 골목길에는 배고픈 자와 배부른 자를 염려하듯, 대도시의 공장에서 돌아가는 기계 소리로 요란했다.

한편 젊은 예술가는 아직 좁은 다락방에 앉아 있었다. 방 안은 이내 황금빛 햇살로 가득했다. 화가의 방을 벗어나면 또 다른 장면이 나타난다. 망망대해가 펼쳐지는 높은 창공에는 열기구가 떠다니며 선실과 선실에 탄 용감한 사람들을 순풍에 돛 단 듯이 서쪽으로 실어 가고 있었다. 들릴 듯 말 듯 비단 로프에서 나는 소리, 동풍이 불어와 스치면서 조용히 삐거덕거리는 기구 소리만 간혹 정적을 깨뜨릴 뿐 사방에는 죽음과 같은 적막이 감돌고 있었다. 두꺼운 모피를 목까지 감싸 안은 세 사람은 얼굴에 푸른 이중 베일을 쓴 채 말이 없었다. 그들 중에는 베일 사이로 윤곽이 부드럽게 드러나는 창백한 여인의 얼굴도 보였다. 커다란 두 눈은 총명해 보였지만 잔뜩 겁을 먹고 있었다. 밤하늘의 여행을 관찰하던 화가의 두 번째 추측도 그렇게 확인할 수 있었다. 배에 타고 있는 코르넬리아의 모습에서 평소의 대담함은 찾아보기 힘들었다. 로마의 코르넬리아처럼 고상해야 할 그녀는 지금 겁에 질려 있었다. 로마의 귀족으로서 자신의 성性을 뛰어넘고 동시에 영웅적인 남성에 비견되는 용기를 지니고자 그 이름을 따왔건만, 최소한 수천 년 동안 강한 남성의 보호를 받아 왔던 여성의 한계에 도전해, 적어도 그 본보기를 보여 주려던 그녀의 눈은 겁에 질려 있었다. 여성다운 면모와 예의를 잃지 않으면서도 남성과 동등하게 강인한 면을 보여 주려 했던 불과 삼십 분 전의 그녀의 모습은 온데간데없었다. 모든 상황이 그녀의 상상과는 너무나 달랐다.

사람들의 눈에 띄지 않도록 이른 아침 동이 틀 무렵 항해 준비는 시작되었다. 사기충천해 있던 아름다운 여인은 열기구에 바람을 넣는 동안 줄곧 함께 있었다. 두근거리는 가슴을 억누를 길이 없었다. 그녀는 미지의 여행에 대한 불안감과 기대감에 벅차 있었다. 그러나 함께 있던 일행에게는 긴장된 순간이었다. 형체가 보이지 않던 열기구는 바람이 들어가자 거대한 공처럼 팽창했고 땅에 묶어 놓은 굵은 밧줄은 팽팽하게 긴장되었다. 낯선 기구와 장치들을 배에 장착시켰다. 키가 크고 잘생긴 남자가 기구 주위를 몇 번이고 둘러보면서 구석구석 점검하고 있었다. 평소에는 온화하고 쾌활한 성격이었던 그도 오늘따라 유난히 창백하고 진지해 보였다. 마침내 정말 위험한 모험을 같이 떠날 각오가 되었는지, 젊은 아가씨의 의향을 그는 다시 한 번 물었다. '네'라는 대답에 놀란 듯 그는 의아한 시선으로 여인을 바라보고는 공손히 배로 안내했다. 보름 전에 이 여행의 어려움을 설명해 주었으니, 충분히 심사숙고했을 것으로 여긴 듯했다. 더 이상 마음의 부담을 주지 않기 위해 거듭 주의를 주지 않았으리라. 잠시 기다려 보았지만 더 이상 별 다른 말이 없자, 그도 선실에 올라탔으며 마지막으로 나이 많은 노인이 올라탔다. 젊은 아가씨는 노인을 학구적인 실험 조수처럼 대하고 있었다.

이제 만반의 준비가 갖추어졌고, 기구도 이상 없었다. 정원을 바라보던 코르넬리아는 나무들로부터 아침 기운이 스며 오는 걸 느꼈다. 일행의 출발을 외치는 소리가 울려 퍼졌다. "용감한 콘도르가 나가신다, 밧줄을 풀어라!" 이렇게 해서 그들은 수천의 보이지 않는 손에 이끌리듯 대기의 품안으로 서서히 밀려 들어갔다. 거대한 열기구가 떨리는가 싶더니 공중에서 잠시 흔들거렸다. 선실은 천천히 대지의 여신으로부터 벗어나 매순간 속도가 붙더니, 잠시 후 화살처럼 빠른 속도로 아침 햇살을 받으며 수직으로 솟아올랐다. 기구와 밧줄은 아침햇살에 붉게 물들어 갔다. 그 광경에 놀란 코르넬리아는 풍선이 다 타 버릴 것 같아 불안했다. 기구에 연결된 끈은 달아오른 막대처럼 코발트빛 하늘을 가로지르고 있었다. 둥근 풍선은 거대한 태양처럼 달아올랐다. 멀어진 대지는 아직 어둠 속에 가라앉아 검은 형체를 띠었고, 서쪽의 안개층 위로 희미하게 달이 걸려 있었다.

높이 오르면 오를수록 지구는 점점 둥근 형태를 드러내었다. 두 사람은 이 장엄한 순간에 가슴이 벅차올랐다. 노인도 마찬가지였으리라.

드디어 멋진 장관이 펼쳐졌다. 우주라는 거대한 세계의

근원적 힘이 발휘되고 있었다. 열기구는 구름층을 향해 항해를 시작했다. 대지에도 붉은 아침 햇살이 비치고 있었다. 그러나 높은 하늘은 하얗게 어른거리는 빙하의 나라였다. 창공을 떠다니는 구름이 심연과 협곡을 이루며 기구를 향해 다가오고 있었다. 구름은 너울거리는 하얀 안개처럼 서서히 움직였다. 순간 지상에는 태양이 떠오르고 다시 훤해졌다. 마치 높은 산에서 내려다보는 어머니의 얼굴처럼 친근했다. 둥근 아침 햇살이 사랑스런 모습으로 붉게 타오르며, 가난한 젊은 화가가 앉아 있는 다락방의 창문을 황금빛으로 물들였다.

"어디까지 왔나, 콜로만?"

선장이 물었다.

"거의 몽블랑 고도까지 올라왔습니다."

맞은편에 앉아 있던 노인이 대답했다.

"만사천 피트는 넘겠습니다. 주인님."

"좋아."

코르넬리아는 이러한 대화를 들으며 주의 깊게 뱃전을 내려다보고 있었다. 혹 눈에 익은 곳이라도 찾을 수 있을까 싶어, 대기층을 뚫고 떠나온 지구를 내려다보았다. 지구는 햇살에 밝게 반짝거렸지만, 모든 것이 낯설었다. 인간이 사는 동네처럼 친근한 세상은 보이지 않았다. 우리가 고향이라고 부르곤 했던 작은 마을을 연상시켜 주는 한 가닥의 실마리조차 눈에 띄지 않았다. 거대한 그림자처럼 숲은 지평선을 향해 길게 뻗어 나가고 있었다. 산맥이 만들어내는 멋진 장관은 출렁이는 파도처럼 널리 펼쳐지다가 흐릿한 지점을 향해 내려가고 있었다. 아마도 넓은 들판이리라. 한 가닥 강줄기만은 늦가을 어두운 초원을 수놓은 가늘게 떨리는 은실처럼 분명히 눈에 띄었다. 그 모든 경관 위로 황금빛 햇살이 어른거리는 듯했다.

고개를 든 코르넬리아는 선장의 조용한 눈빛과 마주쳤다. 그의 눈빛에 그녀도 긴장을 풀었다. 선장은 망원경을 바로 세워서 고정시키고 있었다.

이때가 바로, 우리가 화가의 방에서 멀어지면서 열기구를 보았던 그 순간이었다. 이미 말한 대로 풍선은 더 이상

상승하지 않고 부드러운 기류를 따라 서쪽으로 이동하고 있었으므로, 망원경 속 열기구는 이십 분 이상 꼼짝도 하지 않았던 것이다.

두 남자는 기계를 손보기 시작했다. 망토 속으로 몸을 더욱 움츠린 코르넬리아는 한쪽 구석에 쪼그리고 앉아 있었다. 흐르는 대기에 그녀의 머리카락이 하늘거리고 열기구는 흔들거렸다. 그녀의 마음도 종잡을 수가 없었다.

남자들의 무미건조한 목소리가 정적을 깼다. 한 사람은 불러주고, 다른 한 사람은 받아쓰고 있었다. 뿌연 지평선 근처에 거대한 설원이 아련하게 나타났다. 코르넬리아는 그게 무엇인지 알 수가 없었다.

"지중해입니다, 아가씨."

콜로만이 설명해 주었다.

"여기서 대기실험을 좀 해 보고 전기장치도 작동해 보려고 합니다. 그러고 나면 저 수면도 은빛이 아닌 반짝이는 황금빛으로 훨씬 더 아름다워 보일 겁니다."

그동안 젊은 선장이 플라스크에 진한 커피를 넣었다. 그리고 고체석회에 물을 붓자 뜨겁게 끓었다. 럼주를 약간

부은 다음 선장은 코르넬리아에게 따끈한 음료를 건네주었다. 추위에 떨고 있던 그녀의 몸이 서서히 풀리면서 온몸에 생기가 도는 것 같았다. 남자들도 한잔씩 마시고는 조용히 이야기를 나누었다. 젊은 선장이 고개를 끄덕였고 노인은 싣고 있던 모래주머니를 기구 밖으로 던졌다. 콘도르가 공중에서 흔들거리기 시작했다.

'콘도르'라는 이름에 걸맞게 기구는 멋지게 선회를 하면서 천천히 그리고 장엄하게 천공 높이 떠올랐다. 눈앞에 펼쳐지는 장면은 빠르고 힘차게 변했다.

코르넬리아의 시야에 다시 지상의 모습이 들어왔다. 그러나 더 이상 눈에 익은 광경이 아니었다. 지구는 이상한 황금빛 연기에 휩싸인 듯 보였다. 그녀는 곧 비틀거리며 뒤로 물러났다. 미간 사이로 내려다보이는, 화려하게 번뜩이며 황금 띠를 두른 듯 너울대는 미지의 거대한 환상적인 물체는 바로 지중해였다. 마치 괴물이라도 본 것처럼 놀란 그녀는 눈을 돌렸다. 지상에서 보면, 배 주위에는 가늘고 하얀 천들이 늘어져 너울거리는 듯했다. 하늘의 양털구름이었다. 그러나 그녀가 위에서 본 것은 그런 하늘이 아니었다. 둥글게 하늘을 이루던 천구도, 아름답고 푸른 지구도 깊이를 알 수 없는 검은 심연이 되어 버렸다. 우리가 아래에서 별 생각 없이 즐기는 상쾌한 하늘, 아름다운 지구에서 바라보던 풍요로운 빛의 향연이 이곳 위에서는 완전히 사라져 버린 것이다. 비웃기라도 하듯, 모래알처럼 작은 점이 된 수많은 별들은 황야로 흩어져 버리고, 태양조차 온기도 빛도 없는 둥그런 별, 공중을 떠도는 얇게 잘라 놓은 한 조각의 금속 편片에 불과했다. 그렇게 끝도 없는 심연에서 사라진 빛을 그녀는 멍하니 바라보고 있었다.

이 망망대해에서 빛의 흔적 하나 잡을 수 없었다. 희미한 불빛만이 기구와 배를 비추고 있었다. 환등기를 통해 보듯, 어두운 밤하늘을 유령처럼 떠도는 기구와 사자死者처럼 어두운 표정의 얼굴들만 보일 뿐이다.

아침나절, 갓난아기의 볼에 산들산들 불어 오는 바람처럼 온화한 대기를 뚫고 항해를 시작했다는 사실이 도저히 믿어지지 않았다. 하지만 노인의 짐작대로 이곳 허공에서 기구가 역류에 휩싸이는 바람에, 엄청나게 빠른 속력으로 나가야 했다. 기우뚱해진 배가 심하게 흔들거리며 휩쓸려 나갔지만, 큰 소리는 나지 않고 마치 칭얼대는 어린아이 소리처럼 들릴 뿐이었다. 이 높은 하늘에서는 소리가 전해지지 않기 때문이다. 배가 태양 반대로 방향을 돌리자, 대낮에 떠도는 유령처럼 음산한 모습의 별만 눈에 띄었다.

오랜 침묵 끝에 창백한 입술이 열리며 아주 작은 말소리가 새어 나왔다.

"어지러워."

그러나 아무도 듣지 못했다.

덜덜 떨리는 오한을 막기 위해 그녀는 모피를 꼭 감싸 안았다. 남자들은 무언가에 열중하고 있었다. 젊고 멋진 선장은 근엄한 시선으로 광활한 어둠을 바라보면서 장엄하고 시적인 모험을 즐기는 것 같았다. 하지만 노인의 표정에서는 어떤 격앙된 분위기도 느낄 수 없었다.

오랜 침묵이 흐른 후, 잠시 잊었다는 듯 젊은 남자가 코르넬리아를 향해 눈을 돌렸다. 그녀는 조용히 멍한 시선으로 주위를 살피고 있었다. 입술에는 피가 맺혀 있었다.

"콜로만,"

그는 목청을 높여 힘껏 소리쳤다.

“콜로만, 어서 내려가야겠네. 숙녀 분의 상태가 좋지 않아.”

몸을 일으킨 노인은 그들을 향했다. 젊은이의 시선은 몹시 화가 난 듯 분노에 차 있었으며 얼굴에는 실망의 빛이 역력했다. 갑자기 고함을 질렀다.

“리하르트, 이 여인은 하늘에서 버틸 수 없다고, 내가 말하지 않았나. 그토록 많은 공을 들여 준비한 일이 모두 수포로 돌아가게 됐어. 내 평생 한 번밖에 없는 멋진 여행이 완전히 헛수고가 되었잖아. 지금은 당장 내려가야 돼. 안 그러면 여자는 여기서 죽을 거야. 밸브만 열어.”

말을 마친 젊은이는 다시 주저앉아 밧줄에 바싹 붙은 채 외투 자락을 한데 모아 추슬렀다. 그리고 초록색 비단 끈을 힘차게 잡아당기자, 콘도르는 마치 거대한 매처럼 수백 미터 아래로 급강하하더니 이윽고 조금씩 천천히 하강하기 시작했다.

젊은 신사는 실신한 코르넬리아를 팔에 안고 있었다.

3. 꽃

기구여행에서 돌아온 후 시간이 얼마나 흘렀는지는 잘 모르지만, 아직 동이 트지 않은 어느 날 새벽 젊은 화가는 노란색 못이 박힌 낡은 안락의자에 앉아서 팽팽한 캔버스를 바라보고 있었다. 이번에는 빈 캔버스가 아니라, 스케치한 커다란 그림에 묵직한 황금빛 액자를 끼워 놓아 눈에 확 띄었다. 화가는 일에 굶주린 사람처럼 그림에 몰두하고 있었다. 누구든 그 모습을 보았다면, 마치 자신도 잊은 채 풍경화에 몰입한 화가의 온정과 애정 어린 시선이 온통 그림 속으로 그대로 흘러드는 것처럼 느꼈을 것이다. 아름다운 그림에서 그런 온정과 애정이 분명히 드러났다. 간혹 한 걸음 뒤로 물러서서 예리한 눈빛으로 전체를 음미하고 신중하게 검토해 보더니, 그는 표정이 환해지면서 다시 작업을 계속했다. 멋진 광경이었다. 예술의 천사가 매력적인 젊은 화가에게 찾아와 그 얼굴을 밝게 비추어 준 것이다. 앞으로 벌어질 일도 모른 채 화가의 얼굴은 그렇게 아름답고 환해지면서 의기 충만해져 갔다. 태양은 점점 환히 방

안을 비춰 주었으며, 이러한 분위기는 정오쯤 하인이 봉인된 편지를 들고 들어올 때까지 이어졌다.

젊은이는 봉투를 뜯었다. "곧 가겠네." 이렇게 말하는 그의 볼이 빨개졌다. 요 며칠간 가슴 깊이 묻어 둔 채 참았던 언짢은 감정이 드러나는 표시였다.

하인이 다녀간 뒤 젊은 화가는 더 이상 그림을 그리지 않았다.

다음 날 아침 열 시, 그는 까만 양복을 말쑥하게 차려 입었다. 곱슬거리는 금발의 머리에 산뜻하게 모자를 쓰고 도심을 벗어나 교외로 나간 그는 길고 환한 골목길을 따라 아름다운 시골의 별장 입구에 이르렀다. 별장 안, 넓은 계단을 올라간 다음 문을 열었다. 커다란 홀에는 그림이 가득 걸려 있었다. 하녀에게 자신의 도착을 알렸다. 잠시 후 입구 맞은편 문이 열리고 중년을 막 넘긴 듯 보이는 부인이 나왔다. 자상한 모습으로 반갑게 젊은이를 맞이하였다.

"안으로 들어가세요." 그녀는 말했다. "어서 들어가 보세요, 아가씨께서 많이 기다렸답니다. 얼마나 안타까운

지! 정말 여행을 다녀오셨는데, 그 다음부터 병이 나셨어요. 틀림없이 끔찍한 걸 보신 것 같아요. 돌아오는 데 삼 일 밤낮이 꼬박 걸렸으니 아주 멀리 여행을 다녀오신 것 같아요. 여독이 풀린 다음부터 안정을 되찾고 편안해지셨어요.

이제는 놀랄 정도로 좋아지긴 했는데 여행에 관해서는 한 말씀도 하지 않으세요. 어서 들어가세요."

젊은 화가는 침울한 표정으로 부인의 말을 듣고 있었다. 아무 말도 하지 않은 채, 표정만 더욱 침울해졌다.

문 쪽으로 다가간 그는 문을 열었다. 그리고 안으로 사라졌다. 그가 들어 선 커다란 방은 화사하게 장식되어 있었다. 신기한 꽃들이 가득한 창가에는 하얀 공단 드레스를 입은 젊은 여인이 앉아 있었다. 부드러운 윤기가 흐르는 하얀 드레스가 동백나무의 짙은 초록빛 잎과 대조되어 고상하게 돋보였다.

젊은 화가가 들어가자 여인은 일어나서 다정하게 맞이했다. 체격은 중간 정도였으며 고귀한 신분에서 풍기는 우아하고 기품 있는 태도가 온몸에 배어 더욱 아름다웠다. 지적이고 화사한 얼굴이었지만, 오늘은 창백해 보였다. 커다란 검은 두 눈으로 화가를 바라보며 다정하게 인사를 건네었다.

하지만 젊은 화가는, 굴욕감에서인지 몸이 불편해서인지 그녀가 조용히 떨고 있는 것을 눈치채지 못했다. 그의 마음은 과거에 사로잡혀 있었고 눈빛은 우울하고 고집스러워 보였다.

잠시 침묵이 흘렀다.

"오랜만이에요." 그녀가 부드럽게 말했다.

"저는 몸이 좀 불편했어요."

그는 여인의 인사에 말없이 허리를 굽혔다.

"잘 지내셨어요?"

그녀가 물었다.

"잘 지냈습니다."

청년이 대답했다.

청년의 대답에 놀란 듯 커다란 두 눈으로 그를 바라보던 여인은 이내 말없이 동백나무 쪽으로 걸어갔다. 옆에는 캔버스 받침대가 놓여 있었다. 별로 방해가 되지 않았지만, 똑바로 잘 서 있는 받침대를 약간 옮기면서 굳이 고쳐 세웠다. 그리고 무언가 찾기라도 하듯 푸른 나뭇잎들을 들여다보고는 제자리로 돌아왔다. 그동안 젊은 화가는 마치 명령을 기다리는 사람처럼 손에 모자를 들고 제자리에 서서 꼼짝도 하지 않았다.

숙녀는 한숨을 내쉬고는 마침내 감정을 자제하면서 좀 더 부드럽게 말문을 열었다.

"우리가 함께 했던 시간을 생각해 보셨어요?"

"가끔 합니다."

그는 담담하게 대답했다.

"당신과 우리의 수업에 관해. 지금은 그림 위의 물감이 말라 가고 있습니다."

그녀는 얼굴이 빨개지면서 화가 난 듯 내뱉었다.

"그럼 시작하죠."

상기되어 있던 얼굴은 관자놀이 뒷부분에만 약간 붉은 기운이 남아 있을 만큼 안색이 창백하게 변했다. 거울을 통해서 그 불쾌한 시선이 그대로 드러났다. 옷차림만 보아도 그림을 그리고 싶어 하지 않는다는 사실을 분명히 알 수 있었다. 하지만 화가는 모자를 내려놓고 캔버스로 다가

가서는 서랍을 열고 그림도구를 꺼내어 팔레트에 물감을 풀었다. 그리고 모든 과정을 말없이 지켜보고 있던 여인에게 팔레트를 정중히 건네자, 여인은 옷소매를 급히 걷어 올리고 팔레트를 받아들더니 도도하게 앉았다.

화가는 그녀 뒤에 서 있었지만, 표정에는 흥분된 감정이 전혀 드러나지 않았다.

그림이 시작되었다. 유모인 중년 부인이 가끔 들락거렸다.

젊은 화가는 가르치는 입장에서 캔버스에 그려 놓은 그림을 평가하기 시작했다. 분명하지만 차분한 목소리로 냉정하게 평가했다. 평소보다 고무적이었지만 간단명료했다. 그런 다음 그림을 어떻게 그려 나갈지 조언을 해 주었다. 어떤 색상을 섞어야 할지, 톤은 어떻게 해야 할지 등.

그녀는 화가가 시키는 대로 물감을 집어 들고 다른 물감과 함께 섞었다.

"좋아요." 그는 말했다. 색상은 팔레트에 적당히 배합되어 있었다. 그림이 시작되고 방 안은 쥐 죽은 듯 고요했다. "좋습니다. 좀 더 따뜻한 색상으로. 좀 더 진하게." 간혹 나오는 화가의 지시만이 동굴 속에 떨어지는 낙수처럼 방 안의 정적을 깨고 있을 뿐이었다. 그런 소리조차도 차츰 들리지 않았다. 긴 붓자루로 연결시켜야 할 부분과 분리시켜야 할 부분을 지적하거나, 필요한 경우 그녀가 자신 없어 하는 명암 부분에서 갑자기 밝은 점을 넣어 주거나 어둡게 처리해 주었다.

화가는 자유자재로 능숙하게 그림 지도를 해 나갔다. 하지만 그녀의 등 뒤에서 쓸쓸함이 묻어나는 그의 표정을 봤다면, 조용하면서 뜨거운 고통을 그대로 느낄 수 있었을 것이다. 그녀는 여전히 뒤돌아보지 않았고, 사방은 꽉 막힌 벽들뿐이었다.

인간의 갈등은 어떻게 일어나는가. 처음에는 아주 작고 사소한 것에서 시작되어 눈에 띄지 않거나 대수롭게 여기지 않는다. 입김이나 옷의 주름처럼 쉽게 제거할 수 있는 것이다. 그러다 자신도 모르게 갈등이 깊어지면, 거대한 먹구름처럼 몰려와 걷잡을 수 없는 상황을 만든다. 지금 여기서도 마찬가지다. 예전에는 그런 것들이 화가에게는 아름다운 꿈이었다.

그의 어두운 영혼을 데워 주는 뜨거운 존재가 한때는 그녀의 마음을 떨리게 했던 아름다운 꿈이었다. 하지만 그녀의 자존심, 그녀의 자유의지며 모험심이 드러나면서 모든 것들이 달라졌다. 마음의 동요가 자라고 흥분되어 감에 따라 그의 태도는 크게 달라져갔다. 갑자기 모든 것에 등을 돌리고는 입술을 꾹 다문 채 마치 경멸이라도 하듯 그렇게 서 있었다. 그녀는 꼼짝도 하지 않았고 침묵으로 일관하며 그림만 그리고 있었다. 그는 이를 악물며 이 여인을 증오하기로 마음먹었다.

오전은 시시각각 그렇게 흘러갔다. 그녀의 숨소리만 들렸고, 상황은 한순간도 변함없이 그대로였다. 방 안은 후덥지근했다. 그는 별다른 이유도 없이 창가로 다가가 밖을 내다보았다. 실내와 마찬가지로 밖도 조용했다. 나무 위로 푸른 하늘이 우울하게 지나가고 있었다. 자신을 휘감고 있는 거대한 뱀과 싸우고 있나 싶었다. 그 때 갑자기 등 뒤에서 무언가 쓰러지는 듯한 둔탁한 소리가 들렸다. 돌아보았다. 팔레트와 그림 붓이 한쪽으로 치워져 있었다. 젊은 여인은 두 손으로 얼굴을 가린 채 의자에 등을 기대고 있었다. 잠시 바라보던 그는 걱정스럽게 조용히 다가갔다. 여인은 여전히 꼼짝도 않았다. 좀 더 가까이 다가갔다.

하지만 그녀는 꿈쩍도 하지 않았다. 숨을 죽인 채 얼굴을 가리고 있는 여인의 섬세한 손가락을 들여다보았다. 손가락 사이로 눈물이 흘러내렸다. 화가는 갑자기 그녀 앞에 무릎을 꿇었다. 오랜 세월 황야에 자라던 하찮은 마른 풀 한 포기에서 하룻밤 사이 아름다운 꽃이 활짝 피어올랐다는 옛 전설처럼, 잠자던 영혼을 깨운 놀라운 광경이 벌어진 것이다. 지금 상황이 바로 그와 같았다. 무릎을 꿇고 있던 화가는 두려움에 떨면서 그녀의 얼굴을 바라보려 했지만 감히 볼 수가 없었다. 그녀의 손을 잡기 위해 팔을 잡아당기려 했으나 그녀는 따라 주지 않았다. 그의 입술 사이로 뜨거운 한마디가 튀어나왔다.

"사랑하는 코르넬리아!"

그녀는 얼굴을 더욱 더 단단하게 감싸 안았고, 뜨거운 눈물만 하염없이 흘러내렸다.

화가는 어떠했나? 흘러내리는 눈물에 그는 몹시 당황했지만, 진주처럼 떨어지는 눈물 한 방울 한 방울은 그의 심장을 일깨우는 불씨가 되었다. 창가의 어둡던 기운은 어디로 갔으며 짓누르고 있던 그 하늘은 또 어디로 갔는가? 둥근 하늘은 환히 웃는 얼굴로 빠르게 지나가고, 푸른 나무들은 거대한 물결을 일으키며 반짝거리지 않는가!

화가는 여전히 그녀의 팔을 잡고 있었지만, 애써 끌어당기려 하지 않았다. 차츰 마음을 가라앉힌 여인은 이내 조용해지더니, 얼굴을 가린 채 차분하게 말했다.

"남성들을 모방하는 저의 삶에 대해 언젠가 따뜻한 격려를 해 주셨죠."

"아닙니다."

화가는 여인의 말을 끊었다.

"어리석은 짓이었어요. 저의 오만에서 비롯된…."

"아니 그렇지 않아요." 여인이 말했다.

"제 불찰이었어요. 아, 저는 한낱 연약한 여인에 불과해요. 힘없는 노인보다 못한 가련한 여자일 뿐이에요. 하늘에서 참고 버티지도 못했으니!"

다시 눈물이 쏟아질 듯 그녀는 더 이상 말을 잇지 못했다. 젊은 화가는 여인의 손을 끌어당겼다. 그대로 이끌려

가며 그를 쳐다보던 여인은 놀란 나머지 눈물을 멈추었다. 너무도 변한 그의 모습에 순간 당황한 것이다. 곱슬머리의 앳된 소년은 간데없고 남자다운 진지한 모습의 청년이 그녀를 바라보고 있었던 것이다. 깊은 내면의 낯선 감정이 어른거렸다. 그녀도 변했다. 도도함의 태양 속에서 진심으로 우러나온 겸허함이 묻어나고 있었다. 겸허한 태양은 그에 완전히 매료되었다. 전에 없이 사랑스럽고 부드럽게, 그런가 하면 한편 둘은 어찌할 바를 몰라 서로 말없이 바라보았다. 쓰서운 감정의 불꽃이 일면서 심장이 멈추는 듯했다. 서로 조용히 끌리는 대로 부드럽게 순응했다. 입술이 뜨겁게 포개지면서 신음소리만 희미하게 들렸다. 두 연인의 가장 행복하고 황홀한 시간이 이렇게 왔다가 흘러갔다.

황금과 흑단으로 된 화관 장식은 흘러내렸고 사랑의 불꽃이 튀면서 몸이 뒤엉켰지만, 두 사람은 얼굴을 맞대지 못하고 말없이 땅만 내려다보았다.

오랜 침묵 끝에 젊은 화가가 먼저 입을 열었다. 목소리를 낮춰 말했다.

"코르넬리아, 우리에게 지금 이 순간은 어떤 의미일까요?"

"최상의 순간이죠." 그녀는 당당하고 조용히 대답했다.

"그렇죠, 제 평생 신이 하사한 가장 아름다운 순간이라 할 수 있죠."

그는 말했다.

"그러나 위대한 축복 뒤에는 긴 고통이 따르는 법이죠. 코르넬리아, 어떻게 이 순간을 빨리 잊을 수 있을까요?!"

"제발." 그녀는 놀라며 말했다.

"구스타프, 당신은 분수도 모른 채 여성의 한계를 극복해 보려 했을 때 이 세상에서 저를 격려해 준 유일한 친구였죠. 그때의 당신을 저는 절대 잊지 못할 거예요. 여행을 성공하고 돌아왔더라도 저 자신을 증오했을지 몰라요. 관대하고 너그러운 마음과 진실한 사랑으로 저를 지켜 주세요."

화가는 갑자기 여인을 쳐다보더니, 몸을 일으켜 그녀에게 다가갔다. 건장한 남자답게 우뚝 일어나서 큰 소리로 말했다.

"이 마음은 생각보다 훨씬 강하고 풍요로운 모양입니다. 저 자신도 놀랄 만큼 큰 결단을 내렸으니. 후회 없는 결정일 겁니다. 가급적 빨리, 내일 당장 여행을 떠나려고 합니다. 새로운 행운이 반드시 보장된 것은 아니지만. 두 마음이 만나는 것은 한순간에 불과하며 그리고 다시 긴긴 어둠이 올지 몰라요. 우리의 마음이 어떤 것인지는 두고 봐야겠지요. 이 순간이야 절대 잃어버릴 수 없지만, 과연 이 순간이 무엇을 가져다줄까요?! 꼭 필요한 무언가를, 그리고 가능한 무언가를 가져다주겠죠. 저 바깥에 태양이 떠오르듯이, 언젠가 지금의 꽃이 열매를 맺는 날이 분명히 올 겁니다. 하여튼 한 가지 확실한 사실은 바깥에는 또 다른 세상이 있다는 겁니다. 다른 나무, 다른 공기. 저 자신 또한 다른 인간으로 바뀌겠죠. 코르넬리아, 휘몰아치는 원초적인 힘처럼 행복에 넘쳐 화려하게 빛나며 우주처럼 드넓은 내 마음에 간직한 밤하늘의 별들이 얼마나 멋진가 말하고 싶소. 이 세상 끝까지, 심장이 멈출 때까지 영원히 사랑하고 싶은 이 마음을 어찌 말로 다 표현하리오."

코르넬리아는 그 모습이며 그 말에 감탄한 나머지 넋을 잃고 있었다. 두 사람은 나이가 같았다. 하지만 여인이 한

창 피어오르는 꽃봉오리라면, 화가는 아직 소년티를 벗어나지 못했다. 이를 의식했든 의식하지 못했든 여인은 예상보다 빨리 화가를 사랑하게 되었다. 지금 이 순간 그를 남성으로 바라보게 된 것이다. 사랑과 영혼으로 충만한 듯 그의 얼굴은 그녀에게 점점 더 아름답게 다가왔다. 위대한 정신력으로 빛나는 장래가 촉망되는 모습과 소년처럼 순수한 모습, 무의식중에 신성한 불꽃처럼 번뜩이는 천재성, 그런 멋지고 매력적인 모습으로 그녀 앞에 서 있는 화가를 코르넬리아는 황홀하게 바라보았다.

영혼은 영혼만을 사랑할 수 있고, 천재는 천재만을 알아본다.

몸을 일으킨 코르넬리아는 아름다운 눈으로 그를 바라보았다. 그녀의 삶은 행복하고 고귀하면서도 훌륭함으로 가득했고, 그녀의 미소는 한없이 선한 마음으로 충만했다. 그녀는 자신의 마음을 이해할 수 없었다. 자신 앞에 나타난 이러한 마음을 채우기에는 스스로 너무 가난하다는 생각마저 들었다.

하지만 화가는 이 순간 마음속으로 맹세했다. 순수한 열정으로 오직 그를 위해 훌륭한 삶을 헌신하겠다는 그녀의 사랑에 보답하기 위해, 목숨이 살아 숨 쉬는 한, 이 세상 모든 사람들 앞에 위대한 인물로 떳떳이 나설 수 있을 때까지 노력하겠다는 다짐이었다.

두 사람은 어느새 창가로 가서 각자 마음속으로 다짐하고 있었지만, 겉으로는 말이 없어 당황해하는 것처럼 보였다.

젊은이의 순수한 마음에 묘한 생각이 들었다. 첫사랑의 환희로 충만했지만 이제 그 기쁨이 지나가면, 무언의 강력한 힘을 홀로 간직하기 위해서 사랑의 첫인상은 사라지고 사랑하는 연인 앞에서조차 그 순간은 잊혀질 것이다.

두 연인은 창가에 서 있었다. 그렇게 두 사람은 서로 가까이 있었지만 또한 마음은 너무도 멀리 떨어져 있었다. 그때 유모가 들어오자 정신을 차린 두 사람은 각자의 생각을 이야기하기 시작했다. 젊은 화가는 미래의 여행 계획에 관해 말했다. 앞으로 글을 쓰면서 산책 중에 보았던 산과 숲, 샘물을 아름답게 묘사하고 싶어 한다는 자신의 포부를 유모가 말해 주자, 그의 시선은 조심스럽게 코르넬리아를 향했다. 발갛게 상기된 그녀의 얼굴이 눈에 들어왔다.

유모가 물러나가자 그는 천천히 모자를 집어 들고 말했다.

"코르넬리아, 잘 있어요!"

"여행 잘 다녀오세요."

그녀는 인사를 하면서 덧붙였다.

"편지 해 주세요."

여인은 바로 그 여행 계획에 대해 한마디 하고 싶었지만 용기를 내지 못했다. 여행을 미루어 주었으면 했지만, 그러지 못했고, 젊은 화가도 실은 떠나고 싶지 않았지만 그러지 못했다. 두 사람은 그렇게 헤어지게 된 것이다. 그는 문에서 한번 뒤돌아보았고, 사랑스러운 연인은 꽃 옆에 수줍게 서 있었다.

화가가 밖으로 나간 다음 그녀는 급히 성모상 앞으로 가서 그 앞에 무릎을 꿇고 빌었다. "자비로운 성모마리아님, 길 잃은 양들의 구세주여, 제 소원을 들어주소서! 보잘것없는 한 송이 꽃이 되어, 그분이 진심으로 품을 수 있는 한 떨기 작은 꽃이 되어, 제가 얼마나 사랑하는지 그리고 영원히 사랑하리라는 것을 그가 알게 하소서."

다시 눈물이 흘러내렸다. 그러나 온화하고 따뜻한 행복

의 눈물이었다.

처음으로 서로의 마음을 알게 되었던 두 연인은 그렇게 헤어졌다. 앞으로의 일이야 누가 알겠는가? 두 사람의 마음은 순수하면서도 경이로웠고, 그들의 결심은 불타오르듯 단호했다. 서로를 아끼고 소중히 여기기에, 그 사랑을 언제까지나 영원히 간직하기 위해 최선을 다하려는 마음이었다.

아, 가엾은 사람들, 사랑의 위대함을, 그리고 마음의 간사함을 알기나 하나?

4. 열매

이렇게 두 연인이 사랑의 맹세를 한 지도 벌써 여러 해가 흘렀다. 그러나 남은 것은 아무것도 없었다. 둘 사이에 있었던 게 사랑의 불꽃이었는지 혹은 갈등이었는지 누가 알겠는가? 그로부터 꽤나 시간이 흐른 다음에야, 이들을 기억할 사소한 장면이 조금 남아 있을 뿐이다. 이제 그걸 이야기할까 한다.

몇 년 전 파리에 갔다가 한 음식점에서 큰 소리로 언쟁하는 소리를 우연히 듣게 되었다. 최근 전시된 두 그림을 두고 다투는 참이었다. 흔히 그렇듯이 한 사람은 첫 번째 작품이 낫다 하고 다른 한 사람은 두 번째 작품이 낫다고 우기는 중이었는데, 다만 한 가지, 요즘 그런 그림을 볼 수 없다는 점에는 둘 다 공감하고 있었다. 더욱 흥미로운 것은 그림이 누구의 작품인지 제대로 아는 사람이 아무도 없다는 사실이다.

"그 화가를 나는 알고 있소."

키가 큰 남자가 소리쳤다.

"지난여름, 노트르담 성당 꼭대기에 서 있곤 했던 남자요. 아주 말이 없었지. 지금은 남아메리카에 있다고 들었소."

"그건 모자드의 그림이오."

다른 남자가 말했다.

"세상을 풍자하고 있을 뿐이오."

"그렇소, 언젠가 모자드가 그런 그림을 그렸소."

세 번째 남자가 큰 소리로 말했다.

"높은 양반들이 그린 그림이라 일부러 다른 필명을 그림에다 사용한 것이라오."

몇몇 사람은 웃고, 어떤 사람들은 큰 소리치면서 시간을 보내고 있었다. 나는 문제의 그림을 보기 위해 음식점에서 전시실로 발걸음을 옮겼다. 금방 찾을 수 있었다. 사실 그 그림을 본 나는 내 옆에 서 있던 사람처럼 상당히 놀랐다.

둘 다 달을 그린 작품이었다. 아니 달 그림이라기보다는 달밤을 그린 작품이라고 하는 편이 낫겠다. 너무나 서정적이고 분위기가 있어 달빛에 완전히 도취되는 듯했으며, 그렇게 몽상적인 그림은 난생 처음이었다. 몰려든 사람들은 끊임없이 그 앞에서 걸음을 멈추었다. 아무리 그림을 모르는 무식한 사람이라도 순간 탄성이 절로 나올 만큼 묘한 그림이었다. 누구나 달빛에 반해 버릴 수밖에 없었다. 첫 번째 그림은 대도시를 공중에서 내려다본 그림이었다. 밀집된 도시의 집과 탑, 성당들이 달빛에 어른거리고 있었다. 두 번째 그림은 무더운 여름 날, 구름이 낀 흐린 달밤에 가로등이 켜져 있는 강변을 그린 작품이었다.

카탈로그에 "구스타프 R… 독일."이라고 적혀 있었다.

'구스타프'라는 이름을 보자 갑자기 어떤 기억들이 파노라마처럼 떠올랐다. 내가 잘 아는 화가였다. 이런 방법으로 네 마음을 달래려 했나! 그런 식으로 사랑을 꽃피우려 했나! 가엾은 친구, 비겁한 사람 같으니! 문득 그런 생각이 들었다. 독자 여러분들도 이해할 것이다. 당시 파리를 술렁이게 했던 이상한 화가 이야기와 묘한 분위기, 그림마다 등장하는 고양이 한 마리. 착하고 성실했던 힌째 녀석.

화랑 문을 닫을 때까지 그곳에 남아 있던 나는 다른 그림들도 감상했다. 나가는 길에 다른 홀들을 거쳐 두 그림이 걸려 있는 곳을 다시 지나쳤다. 마침 화랑 직원이 그림 앞에 서 있는 한 부인에게 다가가고 있었다. 곧 문을 닫으니 나가 달라고 부탁하는 듯했다. 부인은 잠시 망설이더니 그림에서 눈을 떼고 발길을 돌렸다. 베일을 내리고 사라졌기에 여인의 아름다운 눈과 마주치지는 못했다.

당시만 해도 그 여인이 나는 누군지 몰랐다. 여러 해가 지난 지금에서야 다음과 같은 사실을 말할 수 있다. 화랑에서 그림을 감상한 부인은 항상 세인트 오노 가街의 집으로 돌아가서, 침실 창문 커튼을 내리고 두 손을 모은 채 소파 위 쿠션에 얼굴을 푹 파묻었다. 그녀의 뇌리에는 그림에서 풍기는 순수하고 소박한 빛이 조용히 타올랐다. 말없는 영혼의 조용한 질책처럼. 그러나 그 영혼은 강렬한 빛으로 말하고 있었다. 사라지지 않는 소리처럼 늘 그곳에서 영원히 빛나리라!

그 날만큼 수많은 사람들의 마음에 불을 붙이고 그들이 함께 즐긴 아름다움, 최고의 축제 분위기를 즐긴 아름다움은 어디에도 찾아볼 수 없으리라는 사실을 파리는 몰랐다.

절망에 빠진 여인이 어두운 방 안에 앉아서 끓어오르는 눈물을 주체하지 못하고 있다는 사실도 파리는 몰랐다. 사랑에 굶주린 여인의 가슴속에 응어리져 억눌려 있던 눈물이었다. 하지만 무슨 소용이 있겠나, 모두 헛되고 헛된 것일 뿐! 그 사건은 그녀의 영혼 앞에 냉정하고 침착하게 위세를 떨치며 그 힘을 결코 굽힐 줄 몰랐다. 강력하고 냉소적인 미지의 모습이 그녀로부터 점점 멀어져 태고의 삼림 깊숙한 곳에서 방황하고 있었다. 끓어오르는 마음, 창조하는 마음, 갈망하는 순수한 마음을 채울 새로운 하늘을 찾기 위해서.

콘도르에 관한 주석

제2장에는 '기구 항해사는 황금빛 구름 속의 지구를 보았다. 별들이 보인다. 환희 빛나는 풍선은 검고 어두운 대기에 걸려 있다'고 써 놓은 내용이 있다.

물리학을 전공하지 않은 독자들께는 다음과 같은 짧은 해설이 도움이 될 것이다.

1. 빛을 받은 지구는 사방 대기 속으로 번져 나가는 빛으로 인해 푸른 빛을 반사하게 되어 광학상 보색 관계가 되므로 오렌지빛으로 된다. 그래서 대기 밖에서 본 지구는 다른 별과 마찬가지로 황금빛으로 보이는 것이다.

2. 빛 자체는 볼 수 없다. 다만 빛에 반사된 표면이 보일 뿐이다. 그래서 빛을 받는 대상이 없는 허공은 검게 보인다. 빛은 세상 만물 위에서만 존재하며 물체와 물체 사이의 빛은 보일 수 없다. 지구 주위에 공기가 없다면 태양은 새까만 얇은 원반처럼 보인다.

3. 우리가 낮에 별을 보지 못하는 것은 눈에 보이는 모든 물체들이 빛을 내기 때문이다. 이 빛들을 모두 차단한다면, 예를 들어 깊은 우물 속에서는 낮에도 별을 볼 수 있다.

브리기타

1. 초원의 산책

살다 보면 우리가 분명히 밝혀낼 수 없고 그렇다고 쉽사리 그 원인을 찾아낼 수도 없는 일이나 인연들이 종종 생긴다. 이런 것들은 대부분 신비로움에 가득 차 아름답고 부드러운 매력으로 우리의 영혼에 스며든다. 다시 말해 추한 사람의 얼굴에서도, 금방 그 가치를 끌어낼 수는 없지만, 가끔 내면의 아름다움을 발견할 수 있다. 반면 대중들로부터 매우 아름답다는 찬사를 듣는 사람들의 모습에서 우리는 냉정함과 공허함을 느끼게 되는 경우도 있다. 마찬가지로 우리는 종종 전혀 모르는 사람에게 끌리는 경우가 있어, 그의 태도나 행동에 호감을 느낀다. 그가 우리를 떠나면 슬퍼하고, 오랜 세월이 지난 후에도 그를 생각하면 어떤 그리움이나 사랑의 감정을 갖게 된다. 그런가 하면 여러 해 동안 서로 왕래를 하면서 모든 면에서 중요한 비중을 차지하는 사람이지만, 왠지 서먹서먹한 경우도 있다. 따라서 이런 잣대를 기준으로 하면 마음에서 우러나오는 도덕적인 근본 원리가 존재하는 것이 분명하다. 그렇다고 이런 잣대를 의식의 저울이나 계산대 위에 올려놓고, 논리적으로 따질 수는 없는 노릇이다. 심리학에서 많은 것들을 밝히고 설명하고 있기는 하지만 여전히 해결하지 못한 채 미지의 세계로 남아 있는 것이 많다. 그러니 훤히 들여다보이지만 그 깊이를 알 수 없는 심연, 즉 신과 영혼이 떠도는 어떤 심연이 우리 마음속에 존재한다고 해도 지나친 생각이라고 말할 사람은 없을 것이다. 황홀한 순간에 영혼은 종종 그런 심연을 넘나들고, 문학은 가끔 순수한 본능으로 그곳의 비밀을 들추어내지만, 과학은 망치와 수평기를 이용해서도 늘 심연의 가장자리만 두드리고 측정할 뿐, 그 비밀을 제대로 캐낸 적은 아직 한 번도 없다.

사실 내가 이런 이야기를 하는 것도, 언젠가 한창 젊은 시절 어떤 늙은 소령의 농장에서 경험한 사건에서 비롯된다. 그때만 해도 내게는 신에 대해 무언가를 체험해 보고 탐구해 보겠다는 순수한 열정이 있었고 그로 인해 심한 방랑벽이 생겼기 때문에, 세상 곳곳을 이리저리 배회하던 시절이었다.

여행 중에 우연히 소령을 알게 되었는데, 그 당시 소령은 자신의 고향에 한번 놀러 오라고 여러 번 말한 적이 있었다. 하지만 나는 여행 하다 만난 사람들끼리 흔히 하는 인사말로 여겼다. 헤어진 지 2년째 되던 해에 그로부터 편지 한 통을 받지 않았더라면, 그의 초청은 결국 인사치레로 끝났을 것이다. 그는 편지로 나의 안부를 물은 다음 마지막 인사말에 예전처럼 한번 놀러 오라는 초청의 말을 잊지 않고 덧붙였다. 원하기만 하면 여름 한 철뿐 아니라, 일 년이나 오 년, 십 년을 그와 함께 머물러도 상관없다고 했다. 그가 이런 말을 하는 데는 그만한 이유가 있었다. 온 세상을 돌아다니며 찾아 헤맸지만 찾지 못했던 삶의 목적을 드디어 고향 땅에서 발견했기 때문에, 더 이상 고향을 벗어나 타향의 티끌 하나 자신의 발에 묻히고 싶지 않았던 것이다. 그래서 지구상 오직 하나뿐인 고향 땅에 머물기로 결심한 것이다.

때는 바야흐로 봄이었으며, 여행의 목적지가 따로 정해져 있지 않았던 나로서는 소령이 말했던 삶의 목적이 궁금하기도 해서 흔쾌히 청을 받아들이고 초대에 응했다.

그의 농장은 헝가리 동부 지방에 위치했는데, 나는 어떻게 하면 멋진 여행이 될까 이틀 동안 나름대로 고민을 했다. 사흘째 되는 날 드디어 역마차에 몸을 싣고 동쪽으로 달렸다. 헝가리에 한 번도 가 본 적이 없어 생소했던 나는 그곳 풍경이 그려져 있는 그림을 몇 장 가지고 있었다. 여드레가 되던 날 나는 초원으로 접어들기 시작했는데, 매우 화려하면서도 분위기가 황량한 것으로 보아 이미 헝가리로 들어온 것이 분명한 듯했다.

처음에는 헝가리의 광활한 자연에 완전히 매료되었다. 감미로운 산들바람이 한없이 내 주위를 스쳐 갔고 초원에는 향기로운 풀 냄새가 감돌았다. 사방 어디에서나 고요한 환희가 떠돌고 있었다. 그러나 다음 날도 그 다음 날도 이런 풍경은 끊임없이 되풀이되었다. 하늘과 땅이 맞닿아 어른거리는 둥근 지평선만 계속되다 보니 어느새 지루한 생각이 들고 눈은 점차 피로해지기 시작했다. 무엇을 보아도 별 감흥이 없었고 시큰둥해졌다. 햇살을 받아 푸른 초원이 반짝거리는 동안, 외로운 마음속에는 잡다한 상념들이 몰려왔으며, 황야를 달릴 때에는 지나간 옛 추억들이 아련히 떠올랐다. 그런 추억들 중에는 지금 내가 찾아가고 있는 사람의 모습도 들어 있어, 나는 기꺼이 기억을 더듬어 갔다. 초원에서는 시간이 넉넉하니, 머릿속에 들어 있는 그에 대한 모든 추억들을 하나하나 정리해서 새로이 회상해 볼 수 있었다.

소령을 처음 만난 곳은 남부 이탈리아로, 지금 여행을 하고 있는 광활한 초원과 거의 비슷한 분위기였다. 당시 그는 주변 사람들로부터 평판이 아주 좋았으며, 쉰이 거의 다 된 나이에도 불구하고 많은 아름다운 여인들로부터 선망의 시선을 한 몸에 받고 있었다. 거기에는 다 이유가 있었다. 소령처럼 체격과 용모가 멋진데다, 그에 걸맞은 행동을 하는 사람이 드물었기 때문이다. 행동 하나하나에는 부드럽고 우아한 기품이 깃들어 있었을 뿐 아니라 자신감 넘치는 소박한 매력까지 풍기고 있어, 때로는 남자들도 그에게 매료될 정도였다. 떠도는 소문에 의하면, 그는 한때 여자들의 마음을 온통 뒤흔들어 놓을 정도로 매력적이었다고 한다. 더구나 능숙하고 세련된 솜씨로 여자들을 정복했다는 이야기도 들려오고 있었다. 그러나 그에게도 결점이 한 가지 있었는데, 그 결점이야말로 자칫 그를 궁지로 몰아갈 수 있었다. 말하자면 아무리 아름다운 여인이라 할지라도 그의 마음을 오랫동안 사로잡을 수 없었던 것이다. 그는 최선을 다해 여인들에게 사랑을 베풀었으며, 여인들 또한 충분한 사랑의 기쁨을 만끽할 수 있었지만, 어느 정도 시간이 흐르면 결국 이별을 하고 여행을 떠나서는 다시는 돌아오지 않았다. 이상하지만 이런 결점도 여자들의 기분을 상하게 하기보다는 오히려 그를 더욱 더 매력적으로 보이게 할 뿐이었다. 열정적인 남부의 여인들은 언제든지 기회만 있으면 그의 가슴에 온 마음과 행운을 맡기고 불타는 사랑을 하고 싶어 했던 것이다. 그를 그렇게 매력적으로 보이게 하는 데는 또 다른 이유가 있었다. 그가 어디에서 왔는지 어떤 신분인지 아는 사람이 없어 신비한 베일에 가려 있다는 점이다. 그의 입가에는 항상 미소가 맴돌고 있다고 말하지만, 한편 이마에 깃들어 있는 우수의 빛으로 보아 범상치 않은 과거를 지닌 인물임이 틀림없다고 덧붙이기도 했다. 그러나 이런 이야기들도 그의 매력을 더욱 돋보이게 할 뿐, 그의 과거는 여전히 베일에 가려 있었다. 항간에서는 그가 국가적인 기밀 사건에 연루되었다는 말도 있고, 결혼에 실패했다거나 친동생을 살해한 인물이라는 등 온갖 소문이 파다하게 떠돌았다. 한편 지금 그가 자연과학에 심취해 있다는 점만은 누구나 아는 사실이다. 이미 그에 대한 많은 이야기를 들어서 익히 알고 있었던 나는, 베수비오 화산 정상에서 달려 내려온 그를 보는 순간 바로 알아볼 수 있었다. 새로운 분화구 쪽으로 가서는 분화구와 주변의 갈라진 틈새로 조금씩 새어나오는 고리 모양의 푸른 연기를 흥미롭게 바라보았다. 나는 누렇게 번쩍이는 흙더미를 가로질러 그에게 다가가서는 말을 걸었다. 그는 내 말에 친절히 대답을 해 주었기 때문에 대화를 계속할 수 있었다. 당시 우리가 서 있던 주변은 온통 어둠침침한 화산재로 덮여 있는 삭막한 황야뿐이었다. 하지만 그 황야 바로 위에는 한없이 푸른 남부의 상쾌한 하늘이 펼쳐져 있었고, 분화구에서 뿜어져 나온 구름 같은 연기가 하늘을 향해 애잔하게 피어올랐다. 우리의 대화는 한동안 이어졌지만, 산에서 헤어진 후 각자 따로 내려왔다.

나중에 우리는 다시 한 번 만날 기회를 가졌다. 그 후 내가 다시 고향으로 돌아갈 때까지, 우리는 종종 서로 찾아다니면서 거의 같이 붙어 다니다시피 했다. 이렇게 친하게 지내는 동안 나는 그의 외모에서 풍기는 인상이 아주 순진하다는 느낌을 받았다. 때로는 그의 내면 깊은 곳에서 우러나온 때 묻지 않은 태고의 순수함이 몸에서 배어 나오는 듯했다. 이미 쉰이 다 되어 가는 나이였지만, 아직까지도 끊임없이 진리를 추구하며 정진하는 사람처럼 자신의 영혼을 고양시키기에 여념이 없는 듯했다. 그와 동시에, 얼마 동안 교제를 계속하는 동안, 나는 그의 정신이 찬란하게 불타오르며, 너무나 시적으로 빛나고 있다는 사실을 깨닫게 되었다. 그의 어린아이 같은 천진난만함과 소박함, 때로는 고독하고 단순해 보이는 면도 바로 이런 숭고한 정신에서 비롯된 것이 아닌가 하는 생각이 들었다. 그는 자신의 천부적인 재능을 인식하지 못했고, 그래서 그런지 그의 입에서 나오는 말들은 너무나 자연스럽고 아름답게 들렸다. 지금까지 살아오는 동안, 시인이나 예술가들과 교제할 기회도 많았으나, 그처럼 감수성이 풍부하고 미적 감각이 뛰어난 사람을 만나 본 적은 한 번도 없었다. 이런 미적 감각은 형태 없이 자연 그대로 그의 내면에서 우러나오기 때문에, 사람들의 마음을 초조하게 할 정도로 매력적이었다. 자신도 깨닫지 못하는 사이에 우러나온 그의 천성은 모든 여성들의 마음을 사로잡았다. 중년기에 접어든 남성들에게서 그런 열정적이고 멋진 매력을 찾아보기란 아주 드물었다. 그래서 그는 나처럼 젊은 사람과도 기꺼이 교제를 할 수 있었을 것이다. 솔직히 말하자면, 당시만 해도 나는 그의 이런 면들에 대해 별반 가치를 두지 않았다. 이제 나도 나이가 들어 가고 그의 삶에 대한 이야기를 정리하는 입장이 되고 보니, 비로소 그런 면들이 제대로 이해되기 시작한 것이다. 떠도는 소문에 의하면 그는 여복이 아주 많다고들 하는데, 나는 구체적으로 무슨 말인지 이해를 할 수 없었다. 그가 그런 말을 한 번도 꺼낸 적이 없었고, 소문의 진상을 실제로 경험할 기회도 내게는 주어지지 않았기 때문이다. 그의 이마에 깃들어 있다고 하는 우수에 대해서도, 나는 그 연유를 도저히 알아낼 길이 없었다. 당시 그의 과거에 대해서도 내가 아는 바로는, 한동안 계속했던 방랑생활에 종지부를 찍고 이제 여러 해 전부터 나폴리에 정착하면서 용암이나 골동품들을 수집하고 있다는 사실뿐이었다. 헝가리에 땅이 좀 있다는 이야기는 내가 그로부터 직접 들었으며, 이미 누누이 언급한 대로, 그는 나를 그곳으로 초대한 것이다.

우리는 상당히 오랫동안 친하게 지내다가, 내가 갑자기 떠나는 바람에 헤어졌다. 물론 그 섭섭함은 이루 말할 수 없었다. 그 후에도 여러 지방을 돌아다니며 본 온갖 풍물과 사람들의 다양한 삶의 모습이 내 기억 속에 떠오르긴 했지만, 이 사람을 방문하기 위해 헝가리의 초원을 달리게 될 줄은 꿈에도 생각해 본 적이 없었다. 그런데 이렇게 실현된 것이다. 계속 그의 모습을 회상해 떠올리다 보면, 마치 내가 이탈리아에 있는 것 같은 착각에 빠질 정도다. 지금 지나가고 있는 평원은 이탈리아처럼 뜨겁고 적막했으며, 멀리 보이는 푸른 안개층은 장엄한 늪지에서 올라온 환영처럼 보였기 때문이었다.

나는 편지에 적힌 대로 곧장 소령의 농장으로 가지 않고, 그 지방을 구석구석 돌아다니며 살펴보았다. 처음에는 소령 때문에 이 지방의 모습이 이탈리아와 혼동되었지만, 차츰 익숙해지면서 이제는 오히려 원래의 모습보다 훨씬 더 독특한 인상을 풍겼다. 수많은 실개천과 시내, 그리고 강을 건넜으며, 때로는 목동들과 그들이 기르는 털이 덥수룩한 개들과 함께 잠을 청하기도 했다. 인적이 드문 한적한 초원에서 샘물을 마시며 갈증을 해소하기도 했다. 샘물은 나뭇가지는 물론 하늘까지 고스란히 담고 있었다. 깊숙이 내려온 갈대지붕 아래에서 허기진 배를 채울 때도 많았다. 풍적을 불고 있는 사람들을 만나는가 하면, 쏜살같이 초원을 가로질러 가는 마부들도 보였다. 어떤 곳에는 햇빛에 반사되어 반짝이는 하얀 망토를 휘날리며 걸어가는 목동의 모습도 눈에 띄었다. 이렇게 주변을 감상하는 동안, 소령은 이곳에서 어떤 모습으로 살고 있을까 하는 생각이 문득문득 들곤 했다. 나는 모든 사람들이 바쁘게 활동하는 사회 속에서만 그를 보았기 때문이다. 시냇가의 자갈돌처럼 수많은 사람들 속에서는 모두가 고만고만해 보이는 법이다. 그곳에서 그는 언제나 외관이 미끈하고 세련된 사람이었다. 하지만 이곳은 모든 면에서 완전히 달랐다. 온종일 가도 멀리 초원에 희미하게 보이는 붉고 푸른빛과 그 속에 어른거리는 무수한 소 떼들의 하얀 점들밖에 보이지 않는 허허벌판에서 소령은 과연 어떤 생활을 하고 있을까? 내 발밑의 검은 대지는 오랜 세월에도 불구하고 자연 그대로의 야성과 비옥함을 풍요롭게 지니고 있었으며, 원시적인 태고의 분위기를 물씬 풍기고 있었다. 나는 구석구석 돌아다니면서 이 지방의 생활 풍습과 관습을 차츰 익혀 나갔다. 다니는 동안 이 지방 고유의 특성에 익숙해진 탓인지, 마치 이곳 사람들의 미래를 다듬어 내는 듯한 망치 소리가 내 귀에 들리는 듯했다. 이 지방의 모든 것은 미래가 있는 법이며, 비록 지나간 과거의 흔적들은 지치고 피곤해 보일지라도 생성되는 존재는 모두 열정적인 불꽃을 피우는 법이다. 그래서 나는 끝없이 펼쳐지는 광활한 마을

들을 기꺼이 둘러보았다. 야산 언덕 위에는 탐스러운 포도밭이 풍요롭게 뻗어 있었으며, 늪과 갈대숲 외에도 멀리 푸른 산들이 완만하게 이어져 가고 있었다.

몇 달 동안 그렇게 돌아다니던 어느 날, 나는 드디어 친구의 농장 바로 근처에 와 있다는 사실을 알게 되었다. 오랜 여행으로 심신이 어느 정도 지쳐 있었던 나는, 이제 더 이상 다닐 것도 없이 앞으로 묵게 될 친구의 농장으로 발길을 옮기기로 결심했다. 그 날 오후 내내 햇살을 받아 뜨거운 돌밭을 지나갔다. 왼쪽으로 멀리 카르파티아 산맥으로 보이는 푸른 산봉우리들이 하늘을 향해 우뚝 솟아 있었고, 오른쪽으로는 초원에서 뿜어 나온 입김인양 붉은 빛을 띤 이 지방 고유의 대지들이 여기저기 갈라진 채 펼쳐져 있었다. 하지만 대지와 산맥은 서로 연결되지 않은 채, 그 사이로 광활한 평야가 끝없이 뻗어 나가고 있었다. 마침내 물이 말라 개천 바닥이 다 드러나 보이는 분지에서 거슬러 올라오자, 오른쪽으로 밤나무 숲과 하얀 집 한 채가 한눈에 들어왔다. 지금까지는 양쪽으로 바람에 쌓인 모래 더미가 계속 깔려 있었다. "삼 마일만 가면 됩니다. 삼 마일."

소령이 살고 있는 우바르* 성이 얼마쯤 남았는지 물을 때마다 사람들은 이렇게 대답했다. 내가 오후 내내 들은 것이라곤 "삼 마일"이란 대답뿐이었다. 이제야 비로소 헝가리식 마일 개념을 이해하게 되었다. 확실히 그 다섯 배를 걸어왔기 때문이다. 지칠 대로 지친 나는 그 하얀 집이 우바르였으면 하고 간절히 빌었다. 머지않아 둑을 따라 경작지들이 나타났고, 사람들의 모습이 보였다. 이들에게 물어볼 작정으로 나는 밤나무 숲 한쪽을 가로질러 그곳으로 발길을 옮겼다. 목적지에 이르러서야 착시현상으로 인해 잘못 측정한 나의 실수들을 깨닫게 되었다. 그 하얀 집은 사실 숲 언저리에 위치한 것이 아니라, 밤나무 숲에서도 한참 떨어진 들판 뒤편에 있었던 것이다. 분명히 집의 규모도 내가 생각했던 것보다 훨씬 클 것이다. 그 때 들판 위로 사람의 형체가 보이더니 사람들이 모여 일하고 있는 밭으로 말을 달렸다. 그가 도착하자 일하던 사람들이 모두 그 주변으로 모여들었다. 주인인 듯했으나 내가 찾고 있는 소령과는 닮은 점이 전혀 없었다. 경사진 언덕을 천천히 걸

* Uwar: 새로운 성이라는 의미의 헝가리어 Ujvar에서 유래된 지명—역주.

어 올라갔다. 이 언덕 역시 내가 생각했던 것보다 훨씬 멀리 있었다. 그곳에 막 도착하자마자 바람에 일렁거리는 어슴푸레한 옥수수 밭과 덥수룩한 수염을 기른 하인들 무리, 그리고 말을 타고 달려온 사람 주위로 벌써 붉은 저녁노을이 타오르고 있었다. 그런데 말을 타고 온 사람은 자세히 보니 여자였다. 마흔가량 되어 보이는 이 여인은 옷차림이 아주 특이했다. 농촌에서 입는 통이 넓은 바지를 입고는 마치 남자처럼 말에 걸터앉아 있었다. 하인들이 뿔뿔이 흩어지고 어느새 혼자 남아 있는 것을 확인한 나는 여인에게 길을 물었다. 배낭을 여행용 지팡이로 받치면서 그녀를 올려다보았다. 얼굴을 스치듯 비스듬히 비쳐 오는 저녁 햇살을 피하며 나는 그녀에게 독일어로 인사를 했다.

"안녕하세요, 아주머니!"

"안녕하세요!"

그녀도 독일어로 대답했다.

"실례지만, 저 건물이 우바르인가요?"

"그 건물은 우바르가 아닌데요. 우바르로 가시는 길이세요?"

“네, 그곳에 사는 친구를 찾아가는 길입니다. 소령인 친구의 초대를 받았지요.”

“그러시다면, 저를 잠시 따라오세요.”

이런 말을 하면서 그녀는 내가 따라갈 수 있을 만큼 천천히 말을 몰았다. 높고 푸른 옥수수 밭을 가로질러 우리는 비탈진 언덕으로 올라갔다. 그녀를 뒤따라가면서 나는 주변 경관을 둘러볼 수 있었다. 주변을 둘러보는 동안 나는 멋진 장관에 감탄해마지 않았다. 높이 올라가면 갈수록 우리 뒤편의 계곡은 눈에 띄게 넓어졌으며, 거대한 삼림지대가 성에서부터 시작해 그 뒤편에 있는 산속으로 뻗어 나갔다. 수많은 가로수들이 들판을 향해 쭉쭉 뻗어 나가는가 하면, 주변의 무수한 밭들은 풍요로워 보였다. 이렇게 길면서도 윤기 있는 싱싱한 옥수수 잎을 나는 아직 본 적이 없었다. 옥수숫대 사이에는 잡초 하나 보이지 않았다. 모퉁이를 막 돌아 도달한 포도밭을 보니 라인지방이 떠올랐다. 하지만 라인지방에서도 이처럼 튼튼하고 무성한 포도덩굴과 잎을 본 적이 없었다. 밤나무 숲과 성 사이의 평야에는 벨벳을 깔아 놓은 듯 부드럽고 산뜻한 초원이 펼쳐져 있었다. 초원 사이사이로 울타리를 둘러 놓은 길들이 뚫려있었고, 그 안에는 이 지방의 하얀 소들이 한가로이 어슬렁거리고 있었다. 소들은 사슴처럼 미끈하고 늘씬했다. 이 모든 전경들은 오늘 내가 지나온 돌밭과는 너무나 대조적이었다. 그 돌밭은 지금 붉은 저녁노을 속에서 뜨겁고 메마른 열기를 뿜어내며 이 상쾌한 푸른 초원을 바라보는 듯했다.

우리는 어느새, 푸른 포도밭 곳곳에 흩어져 나의 관심을 끌었던 하얗고 작은 집들 중 한 집에 이르렀다. 그 집 문 앞에서 잡일을 하고 있던 한 젊은이에게 그녀는 말을 건넸다. 젊은이는 뜨거운 6월 저녁인데도 덥수룩한 털외투를 걸치고 있었다.

"밀로쉬, 이분이 지금 우바르로 가신단다. 우선 길든 말 두 필을 꺼내 이분에게 한 필 드리고 교수대 있는 곳까지 모셔다 드려라."

"네."

청년은 대답을 하면서 몸을 일으켰다.

"이 청년과 함께 가시면, 잘 안내해 드릴 거예요."

청년을 소개해 주고 나자 여인은 말머리를 돌렸다. 방금 나와 함께 왔던 길로 되돌아가려는 듯했다.

이 지방의 한 농장 관리인쯤 되는 것 같아, 여기까지 안내해 준 성의에 감사하는 뜻으로 여인에게 돈을 좀 내밀었다. 하지만 그녀는 하얀 이를 아름답게 드러내면서 웃기만 하더니, 포도밭을 가로질러 천천히 말을 몰아 내려갔다. 그리고 얼마 되지 않아 평야를 쏜살같이 내달리는 그녀의 말발굽 소리가 들렸다.

나는 돈을 다시 주머니에 집어넣고 밀로쉬를 향해 돌아섰다. 그는 어느새 털외투에 챙이 넓은 모자까지 쓰고 있었다. 그의 안내를 받아 포도밭을 따라 한동안 걸어갔다. 계곡을 오른 다음 어떤 농가에 이르자, 그는 그곳으로 들어가 조그마한 말 두 필을 끌고 나왔다. 이 지방에서 흔히 볼 수 있는 말들이었다. 내가 탈 말에 안장을 채우더니, 자신은 안장도 없이 그냥 올라탔다. 우리는 곧장 어둠이 짙게 깔린 동쪽 하늘을 향해 말을 몰았다. 우리의 차림은 꽤나 인상적이었을 것이다. 배낭을 짊어진 독일 나그네는 모자를 쓰고 지팡이를 손에 든 채 말에 앉아 있었고, 옆에는 덥수룩한 수염을 기른 채 두툼한 털외투에 펄럭거리는 하얀 바지를 입고 둥근 모자를 쓴 훤칠한 헝가리 청년이 동행하고 있었으니 말이다. 어두컴컴한 대기를 뚫고 황야를 달리는 두 사람, 그야말로 삭막한 황야였다. 우리는 포도밭 너머에 있는 그 황야로 들어선 것이다. 이런 곳에 산다는 것 자체가 한 편의 동화 같은 이야기였다. 사실 이 황야는 내가 이미 지나왔던 돌밭과 비슷해 보였다. 얼마나 비슷한지, 내가 왔던 길로 되돌아가는 듯한 착각마저 들었다. 아직 등 뒤편 하늘가에서 희미하게 타오르는 붉은 저녁노을을 보고 나서야, 우리가 지금 동쪽으로 말을 달리고 있다는 사실을 알게 되었다.

"우바르까지는 얼마나 더 가야 합니까?"

나의 물음에 밀로쉬는 대답했다.

"아직 일 마일 반 정도 남았습니다."

대답을 들은 나는 더욱 부지런히 말을 몰아 그의 뒤를 쫓아갔다. 우리는 무수히 많은 잿빛 돌무더기 옆을 지나갔다. 오는 동안 오늘 내가 온종일 보았던 수많은 돌들과 비슷했다. 돌들은 희미한 빛을 발하며 우리들 뒤로 물러났다. 사실 우리는 말라서 단단하게 굳어 버린 늪지를 지나가고 있었기 때문에 말발굽 소리조차 들리지 않았다. 우연히 굽새가 돌에 부딪히는 경우를 제외하면, 우리가 탄 말들은 평소 이런 길에 익숙해서 그런지 능숙하게 잘 피해 나갔다. 자갈돌이 잔뜩 쌓인 두세 개의 분지를 오르내린 것 외에는 계속해서 평지를 달렸다.

"방금 우리가 지나온 이 땅은 누구 소유입니까?"

같이 가던 젊은이에게 내가 물었다.

"마로쉘리입니다."

앞장서서 말을 달리며 짧게 대답했기 때문에, 이것이 땅임자의 이름인지, 아니면 내가 제대로 알아들었는지 알 수가 없었다. 움직이는 말 위에서는 상대방에게 말을 건네기도 힘들지만 상대편의 말을 이해하기도 힘들었다.

드디어 붉은 조각달이 하늘에 떠올랐다. 희미한 달빛이 황야 위에 을씨년스럽게 서 있는 교수대를 비추고 있었다. 나의 동행자는 이곳까지 데려다 주기로 되어 있는 듯했다.

"여기가 교수대입니다."

밀로쉬가 입을 열었다.

"저 아래 반짝이는 곳에 냇물이 흐르고 있죠. 그 옆에 보이는 거무스름한 무더기는 떡갈나무인데, 옛날엔 사형수들을 이 나무에 매달아 처형시켰죠. 지금은 교수대가 따로 있으니 사용하지 않습니다. 떡갈나무가 있는 지점부터는 양쪽에 어린 나무들까지 심어 놓은 제법 길다운 길이 시작되죠. 그 길을 따라 한 시간도 채 못 가서 울타리가 보일 겁니다. 그곳에 도착하면 울타리에 달린 종을 잡아당기세요. 하지만 문이 열려 있더라도 그냥 들어가서는 안 됩니다. 개가 있으니 그냥 종만 당기세요. 그럼 이제 말에서 내리시죠. 감기 들지 않도록 옷을 단단히 여미세요."

나는 말에서 내렸다. 지난번에는 성의를 표시하지 못했지만, 밀로쉬에게는 감사의 뜻을 전하고 싶어 다시 돈을 건넸다. 다행히 그는 돈을 받아서 외투 주머니에 찔러 넣었다. 그리고 내가 타고 온 말의 고삐를 날쌔게 잡아당기더니, 몸을 돌려 서둘러 떠났다. 이 한밤중에 아무 조건 없이 말을 빌려 준 주인에게 감사의 뜻을 전해 달라는 인사말을 미처 꺼내기도 전에 그는 저 멀리 사라졌다. 이곳을 빨리 벗어나고 싶었던 것이 분명했다. 앞을 바라보니 나무

기둥이 두 개 서 있고 그 위에 들보가 얹혀 있었다. 어슴푸레한 달빛 속에서 유난히 눈에 띄었다. 들보 위쪽으로 사람 머리 비슷한 형체가 놓여 있었지만, 사실은 자그마한 언덕인 것 같았다. 나는 계속해서 걸었다. 뒤에서는 마치 황야의 풀들이 수군거리는 듯했으며, 처형대 주변에서는 무언가 움직이는 것 같았다. 이제 밀로쉬는 완전히 멀어졌는지 말발굽 소리조차 들리지 않았다. 나는 곧장 사형대로 사용되었던 떡갈나무를 향해 걸었다. 달빛을 받아 반짝이는 냇물은 죽은 뱀처럼 등심초 주위를 맴돌고 있었으며, 그 옆으로 거무스름한 나무들 흔적이 보였다. 그 나무들 주변을 돌아서니, 건너편으로 달빛을 받아 하얀 길이 드러나 보였다. 잘 다듬어진 길 양편에는 도랑과 어린 백양나무들이 가로수를 이루고 있었다. 길을 걸으면서 들리는 나의 발자국 소리에, 나는 마치 고향 길을 걸어가는 듯 아늑한 정취에 흠뻑 젖어들었다.

천천히 발길을 옮겼다. 달이 점점 높이 올라오더니, 드디어 따뜻한 여름밤 하늘에 그 모습을 분명히 드러내었다. 달빛 아래 초원은 흐릿한 원반처럼 깔려 있었다. 한 시간쯤 흘렀을까, 드디어 숲이나 정원처럼 보이는 거무스름한 형체가 보이기 시작했다. 조금 더 걸으니 격자문과 이어지는 길이 나타났다. 문은 담벼락으로 둘러싸여 있었다. 담장 밖으로 무성한 숲이 보이고, 그 뒤편으로 어마어마하게 큰 거대한 나무들이 은빛 밤하늘을 뚫고 고요히 침묵을 지키며 우뚝 서 있었다. 문에는 종을 울리는 손잡이가 달려 있었다. 손잡이를 잡아당기자 안에서 종소리가 울렸다. 그와 동시에 개 짖는 소리가 들렸다. 하지만 흔히 들어 본 소리와는 달랐다. 침착하지만 호기심 어린 점잖은 개들이 두 번 정도 내뱉는 나지막한 소리였다. 곧이어 둔중하게 뛰어오르는 소리가 들리면서, 커다란 개 한 마리가 격자문 앞에 모습을 드러냈다. 나는 여태 그렇게 훌륭하고 멋진 개를 처음 보았다. 뒷발을 딛고 문 앞에 바싹 다가선 녀석은 앞발로 철주를 붙잡고는 조용히 나를 응시했다. 평소에도 그런 진지한 모습이 익숙한 듯했다. 이내 으르렁거리는 소리가 들리더니 자그마한 강아지 두 마리가 쫓아 나왔다. 역시 그 개와 같은 종류의 미끈한 불도그였다. 이제 세 마리가 모두 꼼짝도 않고 나를 바라보았다. 잠시 후 인기척

소리가 가까이 들리더니, 털옷을 걸친 남자가 나타나서는 무슨 용건인지 물었다. 나는 우선 여기가 우바르인지 물은 다음, 이름을 밝혔다. 사전에 미리 나에 대한 이야기를 들었는지, 그는 즉시 헝가리 말로 개들을 진정시키고는 문을 열었다.

"주인님은 손님의 편지를 받고 오랫동안 기다리셨습니다."

함께 걸어가면서 그가 말을 꺼냈다.

"헝가리 지방을 한번 구경하고 싶다고 편지를 드렸죠."

"많이 둘러보셨겠네요."

"물론이죠. 소령님께서는 아직 안 주무십니까?"

"지금 댁에 안 계십니다. 회의가 있으셔서 내일 아침이 되어야 돌아오시죠. 손님용으로 방을 세 개 준비해 놓으라고 하셨죠. 그리고 주인님이 안 계실 경우, 직접 안내해 드리라고 제게 당부하시고 가셨습니다."

"그럼 잘 부탁드리겠소."

"염려 마십시오."

정원을 통과하는 기다란 길, 아니 정원이라기보다는 오

히려 원시림에 가까운 길을 걸어가면서, 우리 두 사람이 주고받은 말은 이 몇 마디뿐이었다. 가는 길에는 하늘로 치솟아 있는 거대한 전나무들이 보이는가 하면, 사람 몸통만 한 떡갈나무 가지들이 서로 뒤엉켜 있는 모습도 눈에 띄었다. 커다란 개는 우리 옆에서 조용히 따라오고 있었지만, 다른 두 마리는 킁킁거리면서 내게 다가와 냄새를 맡다가 서로 쫓고 쫓으면서 장난을 치기도 했다. 한참을 그렇게 걷는 동안 우리는 나무 한 그루 없는 언덕에 이르렀다. 그곳에 성이 자리 잡고 있었다. 이 네모난 커다란 건물이, 소령의 성임을 직감적으로 알 수 있었다. 언덕까지 넓은 돌계단이 이어져 있었는데, 그 위로 아름다운 달빛이 은은하게 비추고 있었다. 계단을 다 오르고 나자 약간의 평지가 보이더니, 곧 건물의 대문 역할을 하는 커다란 철문이 나타났다. 이 문에 도착한 다음, 안내인이 개들에게 몇 마디 던지자 개들은 정원으로 되돌아가 버렸다. 이제 안내인은 대문을 열고 나를 건물 안으로 안내했다.

계단에는 아직 등이 켜져 있었는데, 넓은 장화에 치렁치렁한 망토를 걸친 키가 큰 석상들이 불빛을 받아 신비롭게 빛나고 있었다. 헝가리 국왕인 듯했다. 건물 일층으로 들어서니 기다란 등나무 자리가 깔린 복도가 우리를 반겼다. 우리는 그 복도를 따라가다가 다시 층계로 올라갔다. 층계를 다 오르고 나니 방금 지나온 것과 같은 복도가 다시 나타났다. 안내인은 복도에 달린 문짝 중 하나를 열더니 이곳이 앞으로 내가 묵을 방이라고 알려 주었다. 우리는 안으로 들어갔다. 그는 여러 개의 초에다 하나하나 불을 붙인 다음, 내게 잘 자라는 인사를 하고는 방을 나갔다. 얼마 되지 않아 이번에는 다른 사람이 와인과 빵, 그리고 식은 구운 고기를 들고 들어왔다. 그도 먼저 나를 안내해 준 사람처럼 밤 인사를 하고는 물러났다. 잘 자라는 인사에다 가구가 완비된 방을 보아하니, 이제부터 나 혼자 지내야 될 것 같은 생각이 들었다. 일단 문을 모두 잠갔다.

하인들이 갖다 놓은 음식을 먹으면서, 내가 기거할 방들을 죽 훑어보았다. 커다란 식탁 위에 먹을 것을 차려 놓은 첫 번째 방은 상당히 넓은 편이었다. 사방에 촛불이 켜져 있어서 실내가 환했다. 이곳의 가구들은 우리나라에서 흔히 사용하는 것과는 사뭇 달랐다. 방 한가운데에 기다란 탁자가 놓여 있었으며, 나는 그 한쪽 끝에서 식사를 했다. 탁자 주변에는 떡갈나무로 만든 긴 의자들이 비치되어 있었는데, 가정용이라기보다는 회의용 의자인 듯했다. 그 외에도 군데군데 널려 있는 일반 의자들이 눈에 띄었다. 벽에는 여러 시대에 사용되었던 각종 옛날 무기들이 걸려 있었다. 옛날 헝가리 사람들이 쓰던 무기인 것 같았다. 그중에는 활과 화살도 많이 있었다. 무기 외에도 벽에는 옷가지들이 걸려 있었는데, 예전부터 보존해 오던 헝가리식 의상일 것이다. 한편 터키인 아니면 타타르인들이 입었을 듯한 헐렁헐렁한 비단옷도 눈에 들어왔다.

저녁식사를 마친 후 나는 이 방과 바로 연결되어 있는 두 개의 별실을 둘러보았다. 둘 다 첫 번째 방보다 작다는 것을 한눈에 알 수 있었다. 처음 방으로 안내되는 순간 느꼈지만, 분위기는 첫 번째 방보다 훨씬 더 아늑했다. 이곳에는 의자와 탁자, 옷장이나 세면도구, 필기도구 등 혼자 여행하는 사람들이 숙소에서 필요할 만한 것은 모두 비치되어 있었다. 심지어 침실 탁자에는 서적까지 갖추어 놓았는데, 모두 독일어로 된 서적이었다. 방에는 각각 침대가 하나씩 놓여 있었는데, 그 위에는 이불 대신 분다라고 하는 통이 넓은 민속 의상이 한 벌씩 펼쳐져 있었다. 이곳에서 흔히 입는 가죽 망토로, 가죽의 거칠한 면을 안쪽으로 넣고, 하얗고 매끈한 면을 바깥으로 나오게 만들었다. 겉에는 온갖 색상의 가죽 술이 달려 있는가 하면, 색색가지 가죽 천을 기워서 만든 장식무늬도 붙어 있었다.

나는 잠자리에 들기 전에 창가로 가서 바깥 정경을 살펴보았다. 낯선 곳에서 묵을 경우 늘 하던 습관이다. 특별히 눈에 띄는 것은 없었지만, 달빛 속에서 바라본 경관은 독일과는 사뭇 다른 분위기였다. 마치 거대한 분다처럼, 숲이나 정원의 어두운 형체가 아래쪽 초원 위로 펼쳐져 있었다. 그 외곽으로 잿빛 황야가 희미하게 어른거렸다. 멀리 보이는 수많은 선들은 이곳 대지의 여러 형태들인지 다양한 구름층인지 분명하지 않았다.

이렇게 주변 경관을 잠시 살펴본 후, 나는 창문을 닫고 돌아서 옷을 벗고 바로 옆 침대에 몸을 눕혔다.

털가죽으로 만든 분다를 지친 몸에 걸치고 나니, 온몸이 나른해지면서 눈이 스르르 감겼다. 그 순간 잠시 생각이 들었다.

"앞으로 이 집에서 어떤 일을 경험하게 될지 궁금하군."

나는 곧 잠이 들었고, 동시에 내 삶에 존재해 왔던 모든 것, 내 삶이 끊임없이 동경해 왔던 모든 것이 망각의 늪으로 빠져들었다.

2. 초원의 집

얼마나 잤는지 모르겠으나, 숙면을 하거나 푹 잔 것 같지는 않았다. 너무 피곤해서 그랬으리라. 나는 밤새도록 베수비오 화산을 돌아다녔으며, 순례복을 입은 소령이 폼페이 유적지에 앉아 있는 모습도 보였다. 때로는 연미복 차림의 소령이 용암 사이를 거닐며 돌멩이를 찾기도 했다. 새벽녘 꿈결에 말 울음소리와 개 짖는 소리를 듣고 나서야, 잠시 깊은 숙면에 빠졌나 보다. 눈을 뜨니 방 안은 어느새 훤한 대낮이었다. 나는 건너편에 있는 커다란 방을 내다보았다. 어제 보았던 무기와 의상들이 햇빛을 받아 번쩍거렸다. 아직 햇살이 들지 않아 어두운 아래편 공원은 지저귀는 새들 소리로 요란했다. 자리에서 일어나 창밖을 내다보니, 반짝이는 햇살이 황야를 그물처럼 덮고 있었다. 옷을 채 입기도 전에 문 두드리는 소리가 들려 열어 주었더니, 소령이 안으로 들어왔다. 며칠 전부터 그가 어떤 모습으로 변했을까 궁금해하던 차였다. 하지만 직접 보니 별로 달라진 게 없었다. 마치 평소 늘 보아 왔던 것처럼 주변 환경과 너무 잘 어울려 다른 모습은 상상도 할 수 없었다. 흔히 볼 수 있는 코밑수염을 길렀지만, 그로 인해 두 눈은 더욱 빛났다. 머리에는 챙이 넓은 둥근 모자를 쓰고, 허리에서부터 통이 넓은 하얀 바지가 흘러 내려왔다. 소령의 차림새가 워낙 자연스러워 그런지, 연미복을 입은 그의 모습이 얼른 떠오르지 않았다. 옷이 얼마나 멋있어 보였는지, 의자 위에 널려 있는 먼지 묻은 내 독일식 윗도리가 초라하단 생각마저 들었다. 더욱이 가죽이 다 벗겨진 상의 위에 빛바랜 낡은 타타르 의상 한 벌이 제멋대로 얹혀 있었으니 얼마나 초라해 보였겠는가. 그의 상의는 독일 사람들이 흔히 입는 것보다는 조금 짧아 보였지만, 전체적으로 조화롭게 잘 어울렸다. 내 친구는 그동안 좀 늙은 것 같았다. 머리가 희끗희끗한데다가 얼굴에는 잔잔한 주름살이 가득했던 것이다. 그 주름살은 오랫동안 건장한 체력을 유지했던 사람이 이제 노년으로 접어들어 가고 있음을 알려주는 듯했다. 하지만 내게는 여전히 쾌활하고 매력적인 친구였다.

그는 내게 반갑게 인사를 건넸다. 마음 깊은 곳에서 우러나온 진심 어린 인사였다. 반 시간가량 이야기를 나누고 나자, 우리는 어느새 예전처럼 다시 친근해졌다. 그래서 그런지 우리는 마치 이탈리아 여행 이래 한 번도 헤어져 지낸 적이 없는 사이 같았다. 옷을 입으면서 여행가방은 곧 도착할 거라고 말하자, 그는 괜찮다면 이곳에 머무는 동안 헝가리 옷을 입어 보는 것이 어떻겠냐고 제안해 왔다. 내가 기꺼이 응하자, 바로 필요한 옷가지들을 가져온 그는 앞으로는 내 기분전환을 위해 신경을 쓸 계획이라고 말했다. 뜰로 내려가자 우리와 똑같은 복장을 입은 하인들이 보였다. 덥수룩한 수염에 눈썹이 짙은 하인들은 기분 좋게 우리를 바라보면서 아침 승마용 말을 준비하고 있었다. 어딘지 모르게 숭고하고 고요한 연극을 연상시키는 이런 장면들은 그윽하고 상쾌한 카타르시스를 불러일으켰다. 우리는 몸집이 크고 점잖은 불도그를 데리고 소령의 농장을 죽 둘러보았다. 그는 하나하나 빠짐없이 모두 내게 구경시켜 주면서, 간혹 개들에게 뭔가 지시를 하기도 하고 칭찬을 해 주기도 했다. 제일 먼저 말을 타고 지나간 정원은 울타리로 둘러싸인 친근한 분위기의 야생지로, 길들이 잘 뚫려 깔끔하게 정리되어 있었다. 그곳에서 벗어나 들판으로 나오자, 들판은 온통 짙은 초록빛 물결로 일렁거렸다. 그런 멋진 장관을 나는 영국에서만 본 기억이 나는데, 그곳이 훨씬 더 부드럽고 연한 느낌이었다. 반면 이곳 헝가리의 들판은 햇살을 듬뿍 받아 더 활기차 보였다. 우리는 이제 정원 뒤편에 있는 산기슭을 따라 천천히 말을 몰았다. 황야를 마주 보며 완만하게 경사진 언덕을 따라 올라간 산꼭대기에는 포도밭이 길게 뻗어 있었다. 사방은 큼지막하면서 짙푸른 포도나무 잎들로 무성했다. 나무들이 하나의 거대한 지대를 형성한 가운데, 여기저기 복숭아나무들이 산재해 있었다. 이곳에서 내려다보면 마로쉘리에서처럼, 파수꾼들이 지키고 있는 원두막들이 햇살을 받아 하얀 점처럼 군데군데 번쩍거렸다. 황야에 이르자 소령이 기르는 소 떼들이 보였는데, 워낙 방대하게 흩어져 헤아리기조차 힘들 정도의 거대한 가축 무리였다. 소 떼들을 둘러보면서 한 시간가량 말을 몰고 가니 종마소와 목양장이 나타났다. 이곳을 둘러본 후 다시 말을 몰아 황야를 건너올 무렵, 소령은 멀리 잿빛 초원을 가로지르는 좁고 어두컴컴한 선을 가리키며 말했다.

"저기 보이는 것이 마로쉘리 포도원이죠. 어제 저기서부터 말을 얻어 타고 온 겁니다."

돌아올 때는 다른 길을 택했다. 이번에 그는 자신이 관리하는 화원들과 과수원, 그리고 식물원을 내게 구경시켜 주었다. 그곳에 들르기 전에 우리는 유난히 많은 사람들이 모여 일을 하고 있는 허술한 지역을 지나가게 되었다. 어떤 사람들인지 내가 물어보자, 그는 이 마을에 떠돌아다니는 걸인들이나 부랑자, 그리고 불량배들이라고 했다. 이들은 품삯을 받으며 그의 일을 도와주고 있었는데, 지금은 늪지대의 물을 제거해 길을 내고 있는 중이었다.

점심 무렵 집으로 돌아온 우리는 집안의 모든 하인 하녀들과 한자리에 앉아 대기실 같은 곳에서 식사를 했다. 거대한 호두나무 옆에 위치한 이곳은 대기실이라기보다는, 오히려 거대한 처마 아래 마련해 놓은 대기소 같은 기분이 들었다. 나무로 장식해 놓은 분수대 옆 무대에서 때마침 이곳을 지나던 집시들이 음악을 연주하고 있었다. 식사 도중에 앳돼 보이는 한 낯선 젊은이가 다가왔다. 아름다운 미소년의 모습이 유난히 내 마음을 끌었다. 이웃 지방에서 가져온 편지를 소령에게 전달해 준 청년은 식사를 마친 다음 바로 떠났다. 소령이 그를 극진히 대하는 것으로 보아 매우 아끼는 청년인 듯했다.

햇살이 뜨거운 오후에는 시원한 방 안에서 시간을 보냈다. 저녁이 되자 친절한 나의 친구는 황야의 붉은 저녁노을을 가리키며 나가 보자고 했다. 날씨가 더워 괜찮을 것 같은데, 나가기 전에 그는 내게 자신처럼 털외투를 입고 가야 한다고 충고했다. 평원에는 열풍이 분다는 것이다. 우리는 목적지까지 말을 달린 후, 그가 정해 준 지점에서 해가 완전히 넘어갈 때까지 기다렸다. 곧 이어 우리 앞에는 휘황찬란한 광경이 벌어졌다. 검은 원반처럼 보이는 황야 위에 이글거리며 노랗게 타오르는 하늘이 거대한 종처럼 얹혀 있었다. 이 멋진 장관이 어른거리며 내 눈을 완전히 뒤덮어 지상의 모든 만물이 검고 낯설어 보였다. 황야 위의 풀 한 줄기가 작열하는 하늘을 떠받치는 들보처럼 우뚝 서 있었다. 때마침 지나가는 동물은 황금 대지 위에 나타난 검은 괴물처럼 보였다. 멀리 초라하게 보이는 노간주나무와 인목 덤불들은 마치 사원이나 궁전 같았다. 잠시 후 동편에서부터 축축하고 싸늘한 푸른 밤기운이 서서히 올라오기 시작하더니, 음울하고 탁한 안개와 합치면서 하늘의 광채를 잘라먹고 있었다.

이런 현상은 해가 높이 뜨는 유월이면 특히 오래 지속된다. 우리는 집으로 돌아와 저녁식사를 마치고 한동안 이야기를 나누었다. 그리고 침실로 들어와 창가에 서서 밖을 내다보니, 이미 한밤중으로 접어들었다. 하지만, 그때까지 서편에는 붉은 노을빛이 희미하게 깔려 있었다. 한편 동쪽 하늘에는 벌써 노란 반달이 훤히 올라오고 있었다.

이날 저녁 나는 내일이나 모레쯤, 혹은 언제든지 기회

가 생기면 그가 편지에 쓴 대로, 마침내 찾아냈다며 그를 영원히 고향에 머물게 한 삶의 목적에 대해 한번 물어보기로 했다.

다음 날 아침 동이 트기도 전에 소령은 나를 깨우더니, 하루 일과를 자신과 함께 보낼 건지 아니면 혼자 따로 보낼 계획인지 물어보았다. 어느 쪽을 택하든지 앞으로는 내 생각에 달려 있다고 했다. 집안일에 함께 시간을 보내고 싶다면, 그런 생각이 들 때마다 매일 아침 뜰에서 울리는 종소리에 맞춰 일어나 공동으로 하는 아침식사에 참여하면 된다는 것이다. 하지만 내게 별도의 계획이 있거나 소령이 부재중일 경우에 대비해, 하인들에게 말을 타고 안내해 주거나 필요한 것을 제공해 주라고 지시해 놓았다고 했다. 특히 집에서 좀 멀리 떨어진 곳으로 나갈 경우 만약의 사태에 대비해 그에게 미리 알려 달라고 했다. 돌아다니다 보면 일어날 수 있는 어려움이나 사소한 위험을 미연에 방지하기 위해서라는 것이다. 나는 그의 세심한 배려에 감사하며, 특별한 계획이 없는 한, 하루 이틀은 가능한 그와 함께 많은 시간을 보내고 싶다고 했다.

따라서 일어나 옷을 갈아입고, 아침식사를 하러 차양 아래로 내려갔다. 하인들은 거의 식사를 마치고 각자 맡은 일을 하기 위해 흩어지고 있었다. 소령은 내가 식사를 마칠 때까지 기다렸다가, 안장이 채워진 말을 끌고 나왔다. 나는 무엇을 할 것인지 따로 묻지 않고, 말을 모는 대로 조용히 그의 뒤를 따라갔다.

이 날은 그의 농장과 사업 규모에 대해 소개하는 으레적인 나들이를 하지 않았다. 오늘은 직접 해야 하는 주요한 업무가 있으니, 지루하지 않다면 지켜봐 주면 고맙겠다고 소령이 말했다.

우리는 건초를 만드는 광활한 목초지로 말을 몰았다. 소령을 태운 멋진 헝가리산 말은 단정하게 잘라 부드러운 푸른 잔디 위를 춤을 추듯 가볍게 이동했다. 하인이 고삐를 잡아 주자 소령은 말에서 내리더니, 곳곳에 산재해 있는 건초 더미를 살펴보았다. 그동안 고삐를 잡아 주던 하인은 오후에 건초 더미를 거두어들일 계획이라고 보고했다. 소령은 풀을 베는 동안, 도랑을 파서 물이 한 곳으로 빠져나가도록 하라고 지시했다. 이번에는 목초지에서 온실 쪽으로 발길을 옮겼다. 다른 지방에서와는 달리 이곳의 온실은 집에서 떨어진 좀 특별한 곳에 자리 잡고 있었으며, 비스듬히 기울어진 언덕 위에 위치한 온실의 지붕은 동남향이었다. 그 옆에는 자그맣고 깨끗한 마구간이 한 채 세워져 있었는데, 소령이 그곳에 들르거나 우연히 손님을 동반했을 경우 말을 넣어 두는 장소였다. 소령이 이곳에 장기간 머물러야 하는 경우가 종종 있을 뿐 아니라, 온실을 방문하는 손님이 오면 구경시켜 주는 데만도 몇 시간 걸리기 때문이다. 우리는 안장을 채운 채 말을 마구간에 세워놓았다. 소령은 주문받아 보내야 할 나무들부터 먼저 관찰하고 나서 정원사가 머무는 방으로 갔다. 필기도구들이 많은 그곳 책상에서 소령은 상당히 오랫동안 사무를 보기 시작했다. 그 사이 나는 주변에 널려 있는 식물들을 살펴보았는데, 여행을 하면서 수많은 온실들을 둘러본 나로서는 눈에 익은 식물들도 많았지만, 잘 모르는 것들도 그만큼 많았다. 나중에 소령의 서재에 들러 이런 식물에 관련된 도감과 서적을 잠시 훑어보고 나서야, 나 자신이 식물학 분야의 본질에 대해 거의 무지하다는 사실을 깨달았다.

언젠가 소령은 이런 말을 한 적이 있었다.

"수백 종에서 수천 종에 이르는 이런 복잡하고 매력적인 식물로부터 제대로 결실을 얻으려면, 철저히 관리를 해야 하며 그 방면에 종사하는 다른 전문가들보다도 훨씬 뛰어나야 됩니다."

정원사의 방을 나오면서, 소령은 푸른 동백나무 잎의 먼지를 털어내고 깨끗이 닦느라 분주한 아낙네들을 잠시 살펴보았다. 당시만 해도 이런 동백나무가 매우 귀해서 값이 비싼 편이었다. 그는 닦아 놓은 잎들을 검사하고 나서 몇 마디 언급했다. 그곳을 벗어난 우리는 어린 식물들이 자라고 있는 온실로 발길을 옮겼는데, 깔끔하고 하얀 모래가 깔린 수많은 화분들이 눈에 들어왔다. 그 다음 소령이 필생의 사업으로 심혈을 기울여 재배했다는 각종 꽃들과 나무들이 있는 곳도 들렀다. 그동안 온실 맞은편 출구에는 젊은 정원사가 대기시켜 놓은 말이 우리를 기다리고 있었다. 이곳은 여러 지역, 때로는 아주 멀리 떨어진 침엽수림에서 나귀들이 일 년 내내 바구니로 실어 나른 흙을 산적해 놓고 혼합하는 곳이었다. 흙을 태우는 장소도 따로 정해져 있었고, 그 근처에는 겨울에 쓸 땔감용 떡갈나무도 쌓여 있었다.

식물원에서 황야까지 그렇게 멀지 않다는 사실을 나는 어제 이미 알고 있었다. 우리는 그리로 말을 몰고 나갔다. 늘씬한 말들이 잘 달린 덕분에 곧 신선한 안개가 엷게 깔린 단조로운 평야로 나갈 수 있었다. 어느새 소령의 성곽과 정원은 까마득히 멀어져 검은 점으로만 보였다. 여기서 우리는 목동들을 만났다. 나무막대 몇 개로 만든 듯한 그들의 막사는 너무 빈약해 바람막이도 안 될 정도였다. 이건 막사라기보다는 초원에서 얼른 눈에 띄도록 해 놓은 표시 같았다. 막사 안에서는 연한 가지나 노간주나무와 인목의 뿌리들, 그 밖에 병든 관목들을 사용한 모닥불이 불꽃을 피우며 활활 타오르고 있었다. 열한 시면 점심을 먹는다는 목동들은 이곳에서 식사 준비를 하고 있었다. 구릿빛 얼굴을 한 목동들은 털외투를 땅바닥에 아무렇게 벗어 던져 놓고, 때 묻은 하얀 바지와 셔츠만 입은 채 소령 주위에 둘러서서 그의 질문에 답하고 있었다. 소령이 도착하는 모습을 멀리서 알아챘는지, 다른 무리들도 끝없이 펼쳐진 평원에서 속속들이 말을 타고 모여들었다. 그들이 타고 온 작고 초라한 말들은 안장이나 덮개도 없을 뿐 아니라, 고삐와 굴레 대신 끈만 달려 있는 말들도 있었다. 말에서 내린 목동들은 손에 고삐를 잡은 채로 소령 주위를 둘러쌌다. 소령도 말에서 내려 자신의 말을 하인에게 넘겼다. 그들은 업무상의 문제뿐 아니라 다른 일상적인 이야기들도 소령과 함께 나누었다. 소령은 인부들의 이름을 거의 모두 외우고 있었다. 그들과 워낙 친근하게 어울려서 그런지, 그는 마치 인부들의 일원인 것처럼 보였다. 이런 열정이 사람들의 마음을 끄는 이유였으리라. 여름이면 가축들이 보통 산에서 보내는 우리 고장과는 달리, 이곳의 가축들은 여름 내내 들판에서 지내고 있었다. 이 지역에서 방목하는 하얗고 긴 뿔이 달린 소들은 넓은 초원에서 한가로이 풀을 뜯고 있었다. 우리 알프스 지방에서는 생전 맡아 본 적이 없는 독특한 향이 나는 풀들은 꽃향기와 비슷한 냄새가 나는 것 같았다. 이 소들처럼 들판에서 같이 지내는 목동들도 있었다. 이들 머리 위에는 끝없이 펼쳐진 하늘과 황야의 수많은 별들뿐이었다. 때로는 방금 본 것처럼 나무막대 몇 개나 땅을 파서 만든 움막도 눈에 띄었다. 목동들은 모두 지주 앞에 모여서 그의 지시사항에 귀를 기울이고 있었다. 이곳에서는 소령을 그렇게 불렀다. 소령이 다시 말에 오르려 하자, 검은 얼굴에 유난히 눈이 반짝거리는 젊은이가 소령의 말을 잡아 주었고, 한편에서는 긴 머리에 수염이 덥수룩한 또 다른 사람이 고개를 숙이면서, 소령의 등자를 받쳐주었다.

"그럼 잘들 있게나."

소령은 서서히 말을 움직이면서 작별인사를 했다.

"조만간 다시 들르겠네. 이웃에서 손님이 오면, 오후쯤 이곳 황야에 들러 자네들과 함께 식사나 들도록 하지."

이렇게 헝가리어로 작별인사를 했지만, 내가 부탁을 하자 독일어로 옮겨 주었다.

말을 몰면서 소령은 내게 말했다.

"이곳 황야 지대의 세부적인 상황을 살펴보거나, 혼자 나가서 이 사람들과 함께 생활하며 공감해 보고 싶을 경우, 각 농장마다 기르는 개를 특히 조심해야 합니다. 오늘 당신이 농장에서 본 것처럼 모든 개들이 늘 그렇게 온순하고 참을성 있기만 한 건 아니죠. 사납게 짖으며 달려드는 개들도 많답니다. 그러니 미리 알려 주시면 내가 직접 안내해 드리거나, 혹시 내가 사정이 있어 못 갈 경우 당신을 안내해 줄 노련한 목동 한 명을 동행시켜 주겠습니다. 개들을 아주 잘 다루는 사람이죠."

우리가 목동들이 피워 놓은 모닥불 근처로 갔을 때, 실제로 나는 엄청나게 크고 늘씬한데다 털이 덥수룩한 개들을 보고 감탄해 마지않았었다. 여행을 하며 수없이 돌아다녀 보았지만, 그렇게 크고 멋진 개는 처음 보았다. 불 주변에 점잖게 둘러앉은 덩치 큰 개들은, 마치 우리가 주고받는 대화를 이해하며 동참이라도 하는 듯 진지한 모습이었다.

한참을 달리다가 우리는 성 쪽으로 말 머리를 돌렸다. 벌써 점심시간이 다 되었던 것이다. 어제처럼 인부들이 늪지를 건조시켜서 길을 내기 위해 공사를 하고 있는 부근을 우리는 지나갔다. 밀알이 유난히 탐스럽게 무르익은 밀밭에 거의 다 이르렀을 무렵, 소령은 그곳을 가리키며 입을 열었다.

"이런 훌륭한 땅들은, 저들이 배당받은 일만 잘 하면 우리에게 경제적으로 도움이 되는 자금을 조달해 주기 마련이죠. 그렇게 되면 다른 곳도 개발할 수 있을 겁니다. 저 건너편 황무지에서는 인부들이 일 년 내내 일을 하고 있죠. 일당을 받으며 일하는 이들은, 작업장 근처 빈터에서 취사를 하고, 잠자리는 저기 보이는 판자 움막에서 해결합니다. 지금은 바닥이 너무 무르지만, 얼음이 어는 겨울이 되면 좀 더 깊이 움막을 파고 들어가서, 황야에서 채취한 자갈돌이나 포도밭에서 날라 온 돌멩이들로 채웁니다."

실제로 그가 언급한 판자 움막을 건너다보았더니, 모양이 특이했다. 투박한 부뚜막 아궁이에서 피어오른 듯한 엷은 연기가 곳곳에 눈에 띄었다. 일꾼들이 그곳에서 점심 준비를 하는 중이었다.

정원으로 들어서자 크고 작은 불도그들이 우리 주위로 몰려들었으며, 저택에서는 우리와 인부들의 식사시간을 알리는 종소리가 막 울려 왔다.

며칠 전부터 잠자리에 들 때면 늘 다짐했던 결심, 여행 친구에게 삶의 목적을 물어보겠다던 결심을 이날 저녁에도 결국 나는 실천하지 못했다.

오후에는 평소 때처럼 집 안에서 시간을 보냈다. 하지만 소령은 다섯 시경, 내가 처음 이곳에 도착한 날 밤 지나왔던 포플러 나무들이 늘어선 포장된 길로 나갔다. 어디로 가는지 모르지만, 그동안 나는 소령이 서재에서 내 방으로 잔뜩 옮겨다 놓은 책들을 훑어보며 시간을 보냈다.

다음 날은 소령이 업무상 기록해야 할 일이 많았기 때문에, 나는 집 안에 있는 말들을 살펴보고, 인부들과 얼굴을 익히는 데 거의 온종일 시간을 보냈다.

그 다음 날은 소령과 함께 말을 타고 두 시간 정도 걸리는 목양장으로 가서, 그곳에서 온종일 시간을 보냈다. 상당히 교양 있어 보이는 사람들 몇 명이, 그들의 관심 분야인 목양 문제에 대해 소령과 전문적으로 대화를 나누곤 했다. 여기서 알게 된 사실이지만, 그의 모든 사업 지부는 자체 내에서 경비를 충당하는 데 반해, 이곳 목양장은 다른 분야에서 벌어들인 수익으로 운영되고 있었다. 그와 관련된 문제를 소령은 아주 상세하면서도 정확하게 서류로 기록해 문서화시켜 놓았다. 목양장 시설은 규모가 매우 방대해서 사육 양식도 독자적으로 해결할 수 있을 정도였다.

이번에는 종마소를 다시 한 번 둘러보았다. 우리가 목초지로 나오자, 풍요로운 잔디 위에는 흔히 볼 수 있는 어린 말들이 다른 목장의 소들처럼 목동들의 감독을 받으며 한데 어울려 있었다.

이런 방식으로 나는 소령의 전체적인 활동 영역을 점차적으로 익혀 나갔다. 결코 만만찮은 대단한 규모였다. 이처럼 자신의 일에 열정적으로 심혈을 기울이고 있는 그의 모습에 나는 감탄해 마지않았다. 예전에는 소령을 단순히 낭만적인 생각으로 농장을 시작해 피상적인 이론만 연구하는 인물쯤으로 여겼던 것이다.

언젠가 소령이 이렇게 말한 적이 있었다.

"내 생각에는, 이런 식으로 농지개간부터 착수해야 한다고 봅니다. 우리 정부는 역사적으로 유서가 깊고 오랜 전통이 있지만, 아직 해야 할 일이 많죠. 책갈피 안에 끼워 놓은 한 송이 꽃처럼 우리는 역사 속에 파묻혀 지내죠. 이 광활한 대지는 생각보다는 값진 보석이라고 할 수 있어요. 하지만 보석도 계속 갈고 닦아야만 빛이 나는 법이죠. 이 세상은 투쟁으로 쟁취할 수 있는 전장이나 다름없으니, 우리의 목적을 위해 함께 투쟁해야 합니다. 이 땅은 얼마든지 꽃을 피우고 아름답게 번창할 잠재력을 지니고 있으므로, 무엇보다 우리는 이 일부터 시작해야 합니다. 이곳에 와서 이미 보셨겠지만, 이 황야는 아주 비옥한 검은 토양이죠. 번쩍거리는 암석들이 풍부한 이곳 언덕에서부터 저기 북쪽으로 보이는 푸른 산림지대까지 붉은 포도밭이 늘어져 있는가 하면, 눈부신 광석들이 대지 곳곳에 깔려 있죠. 우리 지방에는 두 개의 강이 유유히 흐르고 있는데, 주변의 바람은 죽은 듯 잠잠해, 수많은 오색 깃발들이 그 바람을 타고 나부끼고 싶어 할 정도죠. 이곳에 거주하는 각양각색의 사람들은 대부분 아이들이 많으니, 교육을 시키는 것이 급선무죠. 당신이 생각하는 이상으로 내게 많은 권한이 있는 인부들이지만, 함께 어울리면서 그들의 관습에 따라 그들과 같은 옷을 입고 허물없이 생활하는 동안, 나는 그들의 존경을 한 몸에 받게 되었습니다. 여행을 다니면서 평소 늘 멀리서만 찾아 헤매던 이런저런 행복을 이곳에서 비로소 찾았다는 느낌이 들었죠."

이후 나는 그가 내게 보낸 편지에서 언급했던 삶의 목적에 대해 더 이상 물어볼 필요가 없게 되었다.

소령은 특히 농사에 많은 정성을 쏟고 있었다. 들판의 곡식들이 얼마나 아름답고 풍요로운지, 나도 모르게 관심이 갔다. 이를테면 이 이삭들이 언제쯤 무르익어 풍성한 수확을 하게 될까 궁금해진 것이다.

농사를 짓는 데는 고독하면서도 강인한 힘이 필요한 법이다. 이런 농촌 생활을 바라볼 때마다 나는 종종 옛날 강인했던 로마인들을 떠올리곤 했다. 그들 역시 농업을 사랑했으며, 적어도 건국 초기에는 한적함을 즐기면서 강인한 삶을 영위해 나갔던 것이다.

"농부들이 농사를 진심으로 이해하고 고귀하게 여길 때, 농부라는 직업이 얼마나 아름답고 숭고할 것인가. 소박하지만 다양한 면을 지니고 있는 삶, 즉 아무런 탐욕이 없는 자연과 함께하는 농부들의 삶은 낙원의 전설과 가장 유사하지 않을까" 하는 생각이 들었다.

소령의 농장에서 좀 더 많은 시간을 보내면서 하나씩 관찰하다 보니, 부분적이나마 농사일에 대해 어느 정도 이해하게 되었다. 곡식들이 무럭무럭 자라는 모습을 눈으로 확인하고 농사일에 직접 참여하는 동안, 나는 평안하고 단조로운 나날을 보냈다. 이런 농촌 생활에 완전히 동화되어 마음의 평온을 누릴 수 있었기 때문에, 나는 어느새 도시 생활을 까마득히 잊어버렸다. 어쩌다 생각이 난다 하더라도 그곳의 삶이 아주 하찮게 여겨질 뿐이었다.

언젠가 우리는 다시 한 번 말들이 무리 지어 있는 목동 주변의 황야로 나가 본 적이 있었다. 때마침 말을 치는 목동 틈에 소를 치는 목동들이 어울리는 바람에, 수많은 인부들이 황야에 모여들게 되었다. 우연한 기회에 이들은 우리와 함께 시간을 보내게 된 것이다. 소령은 귀갓길에—이번에 타고 가는 가죽 끈으로 장식된 두 마리의 멋진 말이 끄는 마차는 푸른 초원 위에 커다란 바퀴자국을 남기며 굴러갔다—내게 이렇게 말했다.

"내가 앞장서기만 하면, 이들은 학살도 서슴지 않을 겁니다. 내 말에 무조건 복종하죠. 집에 있는 하인들이나 인부들도 마찬가지입니다. 누군가 내 머리카락 하나라도 건드린다면, 나를 위해 목숨을 걸고 끝까지 싸울 수 있는 사람들이죠. 종종 경험하는 일이지만, 이들 중에서 주종관계로 내게 복종하는 사람과 진심에서 우러나와 나를 따르는 사람을 구분하라고 하면, 대부분 후자로 나를 진정으로 사랑하는 사람들이 훨씬 많다고 자신 있게 대답할 것입니다. 아시다시피 나는 반백이 다 되어서야 그들에게 돌아왔습니다. 수많은 세월 동안 그들을 잊고 지낸 셈이죠. 이 많은 사람들을 어떻게 올바른 길로 안내해야 하는지가 나의 주요한 관심사입니다. 이들은 어린아이들처럼 순수해서 한 번 신뢰를 하면, 선한 일이든 악한 일이든 가리지 않고 무조건 추종한답니다."

"예전에는" 소령은 잠시 쉬었다 다시 말을 이었다. "예술가나 학자가 되려고 한 적도 있었죠. 하지만 이런 위대한 사람이 되려면, 인간을 감동시키면서 동시에 좀 더 숭고하고 위대하게 인도할 수 있는 심오하고 진지한 말을 그들에게 들려주어야 한다는 사실을 깨닫게 되었죠. 또한 적어도 학자라면 사람들이 선한 일을 계속하도록 이끌어 나갈 수 있는 무언가를 창조하고 찾아내어야 한다는 생각이 들었습니다. 어느 경우든 이를 실천하기 위해서는, 스스로 소박하고 위대한 품성을 겸비해야겠죠. 하지만 나는 이런 품성을 지니지 못했다는 생각이 들었기 때문에, 그 꿈을 단념하고 말았습니다. 이제 모두 지나간 추억이 되어 버렸죠."

소령이 이런 말을 하는 동안 그의 눈언저리에는 엷은 그늘이 드리우는 듯했다. 이 순간 그의 시선은 허공을 향해 있었다. 언젠가 우리가 푸른 하늘을 가득 품고 사방에서 출렁이는 넓은 바다를 바라보면서 에포메오 산(이탈리아에서 가장 넓은 섬 이스키오에 있는 가장 높은 산)에 한가로이 앉아 있었을 때 보았던, 꿈에 부푼 눈빛이었다. 그는 반짝이는 바다를 내려다보면서, 희망에 가득 찬 젊은 가슴으로 온갖 꿈을 이야기했던 것이다. 그래서 그런지 그가 찾았다고 말했던 행복이, 진정 도래한 것인지 문득 궁금한 생각마저 들었다.

우리가 서로 알고 지낸 이래, 소령이 이처럼 자신의 과거에 대해 넌지시 꺼낸 적은 처음이었다. 예전에는 그나마 이야기한 적이 한 번도 없었던 것이다. 나 역시 예나 지금이나 그의 과거에 대해 물어본 적이 없었다. 여행을 많이 해 본 사람은 인간의 소중함을 알기 때문에, 상대가 자발적으로 마음의 문을 열기 전에는 함부로 사적인 질문을 하지 않는 법이다. 내가 우바르에 온 지도 어느덧 상당한 시간이 흘렀다. 이곳에서 벌어지는 일들을 흥미롭게 구경하고, 때로는 직접 참여하며 즐거운 시간을 보냈다. 또한 시간이 날 때마다 여행하면서 경험했던 것들을 틈틈이 일기로 계속 기록해 두었다. 이곳에 머무는 동안 깨달은 사실이지만, 일에만 몰두하는 소령의 소박한 삶속에는, 어떤 알 수 없는 앙금이 늘 남아 있었다. 완전히 용해되지 않는 그런 앙금은, 물론 조용하고 진지한 분위기 속에서만 아련한 슬픔으로 드러나는 것 같았다.

평소 나와 함께 생활하고 교제하는 동안 소령은 매우 소박했으며, 사소한 문제라도 숨기거나 감추는 일 없이 아주 허심탄회했다. 내가 자주 들르곤 했던 그의 서재에서, 햇살이 뜨거운 오후나 잠이 오지 않을 때면 저녁 늦도록 촛불을 켜 놓고 우리는 세상 돌아가는 한담을 나눌 때도 있었다. 그곳 서재의 책상 위에는 그림이 하나 걸려 있었는데, 예쁜 황금 액자로 장식된 작은 그림에는 스물한두 살가량 되어 보이는 젊은 여인의 모습이 그려져 있었다. 하지만 한 가지 이상한 점은 화가가 좀 미화시켜 그릴 수도 있을 텐데, 그림 속 여인은 아름답기는커녕 추하기 이를 데 없었다. 하지만 시커먼 얼굴에 이마가 기형적인 여인의 이면에는 어떤 강인한 힘이 느껴졌으며, 시선은 강한 의지를 지닌 사람들에게서 흔히 볼 수 있는 격렬한 열정으로 가득 차 있었다. 이 여인이야말로 젊은 시절 소령의 인생에서 분명히 중대한 역할을 했으리라는 직감이 들었다. 동시에 우리가 이탈리아에서 처음 사귀었을 때부터 궁금했던 점, 즉 왜 결혼을 하지 않았을까 하는 의문이 다시금 들기 시작했다. 당시에도 그랬지만, 평소 나의 소신대로 이번에도 굳이 물어보지는 않았다. 물론 그 그림은 항상 책상 위에 놓여 있었는데, 그도 그럴 것이 소령의 인부들 중 서재로 들어오는 사람은 아무도 없었기 때문이다. 할 말이 있을 경우 인부들은 입구에 초인종이 달려 있는 대기실에서 기다려야 했다. 친척이나 손님들이 방문해도 소령은 늘 다른 거실에서 그들을 맞이하기 때문에, 서재로 들어오는 일은 없었다. 내가 서재를 마음대로 출입하고 실내에서 무엇이든 볼 수 있는 것은 어느 정도 그의 신뢰를 받고 있다는 의미였다. 이런 신뢰감을 얻을 수 있었던 것은, 평소 꼬치꼬치 캐묻거나 매사에 호기심을 품지 않는 성격 덕분인 듯했다.

어느덧 시간이 흘러 추수철이 되었다. 이때 경험한 풍요롭고 활기찬 분위기를 나는 평생 잊지 못할 것이다.

그동안 소령이 이웃 마을로 나들이를 갈 일이 두서너 차례 있었는데, 그때마다 나를 동행해 주었다. 여러 나라를 다녀 보았지만 이곳처럼 마을과 마을 사이가 먼 곳은 없었던 것 같다. 하지만 빠른 말을 타고 가거나 가벼운 마차를 타고 황야를 달리다 보면, 비교적 빠른 시일 내에 돌아올 수 있었다. 언젠가 한 번 소령은 몸에 꼭 붙는 헝가리 민속 의상을 입은 적이 있었다. 요란한 장식에 허리에는 검까지 달려 있었는데, 그에게 썩 잘 어울렸다. 이런 복장으로 관할 귀족회의에 참석했던 그는 헝가리어로 지역공동사업에 관한 연설을 했다. 어느 나라에 가든 그곳의 언어를 가능한 빨리 두루 익히려는 습성대로, 이때만 해도 이미 소령의 하인들은 물론 내 주변의 모든 사람들로부터 나는 헝가리어를 어느 정도 배워 두었다. 그 덕분인지 연설의 상당 부분을 이해할 수 있었다. 그의 연설을 듣는 관중 한쪽에서는 열광적인 찬사가 쏟아지는가 하면, 다른 한편에서는 격렬한 야유와 비난의 소리도 높았다. 집으로 돌아가는 길에 소령은 자신의 연설을 모두 독일어로 자상하게 설명해 주었다. 그 날 오후 식사를 하는 동안 소령은 예전에 이탈리아에서처럼 연미복을 입고 있었다. 그곳에 참석한 다른 사람들도 대부분 소령처럼 민속의상을 벗어 버리고 정통 유럽 연미복으로 갈아입고 나타났다.

이 모임 외에도 이웃을 방문할 때면, 소령은 늘 나를 데리고 갔다. 여기서 알게 된 사실이지만, 이 지역에는 소령과 같은 규모의 농장이 모두 네 군데나 있었다. 그런데 몇 해 전에 농사 경작과 농산물 생산을 증대시키기 위한 방편으로, 이들은 동맹을 맺었다고 한다. 이러한 일환으로 각자 자신의 농지를 개발해 다른 이웃들에게 모범을 보여 주기로 한 것이다. 말하자면, 농지 개발을 통해 보다 부유한 삶과 윤택한 생활을 누리고자 하는 취지였다. 동맹에는 나름대로 규칙이 제정되었고, 이에 따라 가입자들은 농장 경영을 위한 정기모임을 열곤 했다. 그때까지만 해도 이들

네 개의 시범 농장이 동맹의 유일한 회원이었으나, 그 외에도 몇몇 소지주들이 비록 회원은 아니었지만 이웃 대지주들의 경영을 모델 삼아 관리하곤 했다. 또한 회의가 열릴 때 사전에 미리 신청만 하면, 이웃의 지주들은 물론 누구나 모임에 참가해서 방청할 수 있으며 조언자로 발언도 할 수 있었다. 언젠가 한 번 참석한 적인 있는 회의석상에서 나는 그들 모두 상당히 적극적으로 참여하고 있음을 짐작할 수 있었다. 우바르에서 말을 타고 네 시간 정도 걸리는 회원 괴메르의 농장에서 개최된 회의에서 정식 회원이라곤 소령과 괴메르 씨뿐이었는데, 수많은 방청객들로 붐볐던 것이다.

그 후에도 나 혼자서 괴메르 씨 댁을 두 번 방문한 적이 있는데, 두 번째 방문 때는 그의 집에서 며칠 묵기까지 했다.

추수가 막바지에 이르고 일거리가 줄어들 무렵, 어느 날 소령은 내게 다음과 같은 제안을 했다.

"한가한 틈을 이용해 다음 주에는 이웃 마을에 사는 브리기타 마로쉘리 댁을 한번 방문해 봅시다. 가 보시면 마로쉘리 부인이 이 지상에서 가장 훌륭한 여인임을 알게 될

겁니다.“

이런 말을 한 지 이틀째 되던 날, 소령은 우연한 기회에 이곳에 들른 브리기타 부인의 아들을 내게 소개시켜 주었다. 내가 우바르에 도착한 첫 날 함께 점심을 먹었던 바로 그 청년으로, 당시 수려한 외모로 나의 눈길을 끌었었다. 그는 거의 온종일 우리와 함께 머물면서 농장을 이곳저곳 돌아다녔다. 첫 인상대로, 이제 막 소년티를 벗어나 청년기로 접어드는 앳된 젊은이는 좋은 인상 때문인지 여전히 나의 마음을 끌었다. 그의 부드러운 검은 눈동자는 내게 아름다운 말을 건네는 듯했으며, 말 위에 앉아 있는 모습은 힘차면서도 정중해 보였다. 말하자면, 그의 행동 하나하나가 모두 내 마음을 사로잡았다. 내게도 그런 친구가 하나 있었지만, 젊은 나이에 세상을 떠났다. 브리기타 부인의 아들인 구스타프를 볼 때면, 오래전에 죽은 친구가 새삼 생생하게 떠올랐다.

소령으로부터 브리기타 부인에 대한 이야기도 들었고, 그녀의 아들 구스타프와도 인사를 나누고 나서 그런지 부쩍 궁금해지면서 부인을 직접 만나고 싶다는 생각이 간절했다.

나의 친구인 소령의 과거에 대해서는 괴메르 씨로부터 들어 약간은 알고 있었다. 일전에 내가 그의 집에 놀러갔을 때 해 준 이야기였다. 소령의 집에서 머무는 동안 알게 된 다른 많은 친구들처럼 괴메르 씨도 친절하고 개방적인 편이어서, 따로 묻지 않아도 자신이 알고 있는 사실을 허심탄회하게 말해 주었다. 그의 말에 따르면, 소령의 고향은 이곳이 아니며, 아주 부유한 가문에서 태어났다. 그는 젊은 시절부터 여행을 자주 다녔으나 목적지를 아무에게도 말해 주지 않아, 소령이라는 지위를 어디서 어떻게 얻었는지 제대로 아는 사람은 없었으며, 농장이 있는 우바르에도 그는 젊은 시절 한 번도 머문 적이 없었다. 외지를 떠돌던 소령이 우바르에 정착하면서 농장을 운영하는 동료들과 친목동맹을 맺기 시작한 것은 불과 몇 년 전 일이었다. 그 당시만 해도 동맹의 회원은 단 두 사람뿐이었다. 즉 이 이야기를 들려준 괴메르 자신과 브리기타 마로쉘리 부인이었다. 그때는 동맹이라고 할 것도 없었는데, 집회를 하고 규정을 제정하는 일은 훨씬 나중에 이루어졌기 때문이다. 이웃이었던 두 사람이 황무지에 있는 농지를 잘 관리해 좀 더 비옥하게 만들자는 데 의견이 일치해서 비롯된 일이었다. 원래 이 일은 브리기타 부인이 먼저 시작한 것이라고 할 수 있다. 부인의 모습은 호감은 가지만 딱히 뛰어난 미모가 아니라서 그런지, 젊은 시절 결혼했던 그녀의 남편은 경솔하게도 그녀를 버리고 떠나서는 영원히 돌아오지 않았던 것이다. 이 무렵 부인은 어린 아들을 데리고 마로쉘리 농장으로 와서 남자처럼 온갖 궂은일을 하며 농지를 개간하기 시작했으며, 지금까지도 그런 차림으로 말을 몰고 다니며 농장을 관리하고 있었다. 부인은 인부들에게도 협동정신을 강조하며, 일할 때도 솔선수범하여 아침부터 밤까지 하루 온종일 농장 경영에 혼신을 다했다. 돌밭을 비옥한 농지로 가꾸어 기적을 일으킨 부인은, 끊임없는 노력의 결과가 어떤 것인지를 확실히 보여 주는 산 증인이었다. 부인을 알게 된 이후 그 정신을 본받아 온 괴메르 씨는 자신의 농지에 그녀의 경영 방식을 도입했으며, 아직까지 잘 시행되어 후회해 본 적이 없었다. 우바르에 처음 정착했던 초창기만 해도 소령은 여러 해 동안 부인과

교류가 없었다. 그러던 어느 날 심한 중병에 걸린 부인을 치료하기 위해 소령이 황야를 달려 직접 그곳으로 찾아갔다. 그때 소령 덕분에 부인은 건강을 회복하게 된 것이다. 이런 일이 계기가 되어 그는 부인을 자주 방문하게 되었다. 소문에 의하면, 당시 소령은 자신이 연구하고 있던 자석의 효력을 이용해 부인의 병을 고쳤다고 하지만, 그 문제에 대해 제대로 아는 사람은 아무도 없었다. 하여튼 그 이후로 두 사람 사이에는 은밀한 우정이 싹트게 되었는데, 부인은 그런 지고한 우정을 받을 만한 자격이 있다고들 했다. 못생긴데다 나이까지 든 브리기타에게 쏟는 소령의 열정이 자연스러운 것인지는 가늠하기 어려운 노릇이지만, 주변에 친분이 있는 사람이면 그의 열정을 모두 알고 있었다. 소령은 가능하면 그녀와 결혼하고 싶어 했지만, 그것도 뜻대로 되지 않아 고민 중이었다. 이유인 즉, 그녀의 남편에 대한 행방이 묘연하기 때문에, 사망증명서나 이혼 서류를 제출할 수도 없는 형편이었다. 주변에서도 브리기타에게 호의적이어서 그녀 편을 들어주었다. 그렇게 성실한 사람이 나타나 구혼을 하는데, 아무 연락도 없이 경솔하게 떠난 남편을 모두들 나무랐던 것이다.

소령과 브리기타 사이에 있었던 이런 이야기들을 괴메르 씨는 내게 들려준 적이 있었으며, 나는 그녀의 아들 구스타프와도 가끔 만났다. 이웃 나들이를 할 때도 한 번 만난 적이 있었는데, 소령과 내가 그의 어머니를 만나기로 약속한 바로 전날이었다.

이날 밤 나는 황야에서 울어 대는 수많은 귀뚜라미 소리를 자장가 삼아, 부인을 머릿속에서 상상해 보았다. 그러다 잠이 들면서 그녀에 대해 온갖 꿈을 꾸었는데, 그중 하나가 특히 선명했다. 즉 황야에서 말을 탄 이상한 여인의 모습이 내 앞에 나타났는데, 처음 이곳에 올 때 내게 말을 빌려 준 바로 그 여인이었다. 그녀의 아름다운 두 눈에 완전히 매료되어, 나는 꼼짝달싹도 하지 못하고 서 있었다. 그러고 나서 잠이 푹 들었는지, 다음 날 아침 기분이 상쾌하고 몸도 한결 가벼웠다. 말이 준비되자, 어젯밤 꿈에 그토록 여러 번 나타났던 얼굴을 직접 만난다는 생각에 마음이 설레었다.

3. 초원의 과거

우리가 마로쉘리에 어떻게 갔는지, 그리고 내가 브리기타를 어떻게 알게 되었으며, 그 후 얼마나 자주 그녀의 농장을 찾아갔는가에 대한 이야기 보따리를 풀기 전에, 우선 그녀의 젊은 시절에 대해 설명을 해 두는 것이 좋겠다. 그래야만 앞으로 하는 이야기들을 이해할 수 있을 테니 말이다. 지금 말한 것처럼 내가 이렇게 상세히 알 수 있었던 것은, 그동안 쌓아 온 나와 소령, 그리고 브리기타와의 돈독한 관계 덕분이다. 이야기를 끝까지 읽어 가노라면 모든 것이 이해될 테니, 내가 굳이 미리 내막을 밝힐 필요는 없을 것이다. 나 역시 시간이 흐르면서 자연스럽게 이런 사실을 경험할 수 있었기 때문이다.

인간이란 신비할 정도로 아름다운 면을 지닌 존재이다. 하지만 우리 모두 피상적으로 보이는 감미로운 환영에 이끌려, 진정한 아름다움이 어디에 있는지 모를 때가 많다. 아름다움이란 우주 만물 어디에나 존재하고 인간의 눈 속에도 존재하지만, 이성적으로 따지고 논리적으로 분석하는 사람들의 눈 속에는 존재하지 않는 법이다. 사막처럼 황량한 곳에 숨어 있으면 눈길이 제대로 닿지 않아서 보이지 않는 경우도 있으며, 때론 숭배의 대상이 되거나 심지어 신격화되기도 한다. 이럴 경우 아름다움은 존재하지 않는다고 볼 수 있다. 하지만 열정이나 황홀감으로 가슴이 두근거리거나 두 영혼이 만나 서로 불타오르는 곳에는 아름다움이 존재하기 마련이다. 아름다움이 존재하지 않는다면, 우리의 심장은 뛰지 않으며 사랑의 감정도 사라지기 때문이다. 어디에서 피어오르든 간에 이런 아름다움의 꽃은 무수한 경우에 따라 각양각색이다. 이런 꽃이 피기만 한다면 어디서든 그 싹이 트는 곳을 찾아가겠지만, 안타깝게도 우리가 전혀 예측도 할 수 없는 곳에서 피어오른다. 아름다움의 꽃 앞에 무릎을 꿇는 것은 인간만의 특권이며, 그렇게 하는 사람만이 정신적으로 승화되는 것이다. 인간의 삶에서 보람되고 찬양되는 모든 것을 환희에 떠는 행복한 영혼에게 쏟아 붓는 것도 바로 아름다움이다. 이런 아름다움을 지니지 못했거나 깨닫지 못하는 자, 어떤 아름다움의 시선도 접근할 수 없는 자는 가엾은 인간이다. 만일

자식에게서 이런 아름다움의 희미한 빛 한 줄기도 찾지 못한다면, 아무리 자식이라 해도 어머니의 마음은 돌아서고 말 것이다.

어린 시절의 브리기타 부인이 바로 그런 경우였다. 보통 아기가 태어나면 그 아이는 어머니에게 세상 무엇보다 아름다운 천사로 보이는 법인데, 부인의 경우는 그렇지 못했던 것이다. 태어난 지 얼마 되지 않아 새하얀 보에 싸 황금 장식이 달린 예쁘고 화려한 침대에 눕혀 놓은 아기의 얼굴은 흉측하고 음울해 마치 악마처럼 보였다. 엄마는 자신도 모르게 아기의 얼굴에서 시선을 돌리고는, 포근한 양탄자 위에서 놀고 있는 예쁜 두 아이를 바라보았다. 손님들이 찾아와도 아기에 대해서는 나무라거나 칭찬하는 일이 없었고, 오로지 두 언니에 대해서만 관심을 가지고 물어보았던 것이다. 이런 분위기에서 아기는 점점 자랐다. 아버지가 출근할 때면 아기의 방을 지나치기 일쑤였고, 때론 어머니마저 절망에 빠져 한숨을 쉬면서 다른 두 아이만 품에 안아 주었다. 아무리 어린 아기지만 자신의 처지를 알기라도 하듯, 브리기타는 검은 눈망울을 들어 그런 모습을 뚫어지게 바라보았지만, 엄마는 눈길 한번 주지 않을 때가 많았다. 울기라도 하면 주변에서 달려와 그녀의 요구를 들어주었으나, 평소에는 거들떠보지도 않았으며 모두들 자기 할 일만 했던 것이다. 그럴 때면 아기는 커다란 두 눈망울로 침대에 장식된 금박이나 벽지에 장식된 나선형 무늬를 바라보곤 했다. 어느 정도 자라고 작은 침대도 좁아져 더 이상 몸에 맞지 않자, 이제 그녀는 한쪽 모퉁이에 앉아 있거나 작은 돌멩이를 가지고 장난을 치기도 했다. 때로는 소리를 내며 웅얼거렸지만, 아무도 귀를 기울이는 사람은 없었다. 놀이에 몰두하며 빠르게 움직일 때면, 마치 은밀한 짓을 하는 사내아이들처럼 커다랗고 사나운 눈망울을 이리저리 두리번거렸다. 그러다가 언니들이 함께 어울려 놀려고 하면 거세게 반항하며 때리기까지 했다. 세월이 흘러 그녀의 어머니도 뒤늦은 사랑과 연민의 정으로 어린 막내를 품에 안고 눈물을 흘릴 때도 있었지만, 그녀는 반가워하기는커녕 오히려 울면서 어머니의 팔을 뿌리치곤 했다. 하지만 그럴수록 어머니의 딸에 대한 사랑은 더욱 더 커져만 갔으며, 한편으로 분노의 감정이 일 때도 있었다.

따뜻한 대지의 사랑이 그리워 찾아 나섰지만 결국 찾지 못한 채 바위 사이로 올라가는 어린 뿌리들처럼, 마음의 문을 굳게 닫아 버린 딸의 내면을 어머니는 미처 파악하지 못했기 때문이다. 반항은 그렇게 해서 비롯된 것이다.

이렇게 그녀의 내면을 차지하고 있던 황무지는 갈수록 넓어져만 갔다.

아이들이 자라서 예쁜 원피스를 입을 나이가 되자, 언니들은 옷이 마음에 들 때까지 몇 번이고 뜯어고치며 수선을 떨었지만, 브리기타는 무슨 옷이든 주는 대로 입었다. 그러는 가운데 언니들은 때에 따라 칭찬을 받는가 하면 꾸지람을 듣기도 했지만, 그녀의 경우 옷을 더럽히거나 구긴다 해도 아무도 야단치는 사람이 없었다. 어느덧 입학할 나이가 되어 학교에 들어가서도 오전 시간은 그런대로 착실히 앉아 공부를 했지만, 오후가 되면 뒷자리에 앉아 우수에 찬 예쁜 눈망울로 수업과 상관없는 책이나 지도 한 모퉁이를 뚫어져라 바라보았다. 그 눈이야 말로 그녀가 지니고 있는 유일한 아름다움이었다. 수업 중에 한눈을 파는 그녀에게 선생님이 난데없이 질문을 던지면, 당황해 대답을 못하는 것은 당연한 일이었다. 길고 긴 밤이나, 혹은 평소 식구들끼리 응접실에 모여 앉아 담소를 나누느라 그녀에게 아랑곳하지 않을 때면, 바닥에 혼자 앉아 사람들이 사용하지 않아 아무데나 팽개쳐 놓은 책과 그림들을 뒤적거리거나 찢어진 카드를 가지고 놀곤 했다. 이렇게 해서 그녀의 마음속에는 외부와 단절된 환상적인 세계가 싹트게 된 것 같았다. 늘 열쇠가 꽂혀 있는 아버지의 서재에 있는 책도 거의 절반은 읽어 버렸지만 아무도 눈치채지 못했다. 비록 많이 읽기는 했으나 너무 어린 탓에 내용을 이해하지 못하는 책들이 대부분이었다. 가끔 집 안에서 괴상한 그림들이 거칠게 그려져 있는 종이들이 발견되곤 하는데, 모두 그녀의 솜씨가 분명했다.

자매들이 꽃다운 나이가 되어 성숙한 숙녀의 모습으로 자랐을 무렵에도, 브리기타는 언니들 사이에서 낯선 잡초처럼 보였다. 언니들은 부드러운 몸매에 아름다운 여인으로 변모했으나, 그녀는 키만 후리후리할 뿐 억세 보이기만 했다. 분명히 그녀의 몸에는 거의 남성처럼 강인한 힘이 흐르고 있었다. 말하자면, 언니들이 장난을 치거나 애무라도 할라치면 가느다란 팔로 말없이 밀쳐 버리거나, 때로는 하인들이나 할 만한 힘든 일을 이마가 땀에 흠뻑 젖을 때까지 억척스럽게 하곤 했던 것이다. 음악을 배우는 데는 관심이 없었지만, 말 타는 솜씨 하나는 남자처럼 대담하고 훌륭했다. 아름다운 옷을 입고도 정원의 풀밭에 털썩 주저앉는가 하면, 때로는 연설을 하듯 관목이 무성한 나뭇잎 쪽을 향해 큰 소리로 외치곤 했다. 이제 참다못한 그녀의 아버지가 고집스럽고 무뚝뚝한 딸의 성격을 나무라기 시작했다. 하지만 그런 소리를 들을 때마다 그녀는 오히려 하던 말을 갑자기 중단해 버렸으며, 날이 갈수록 점점 더 무뚝뚝하고 고집스러워만 갔던 것이다. 한편 그녀의 어머니도 딸을 달래 보기도 하고, 잘못을 고치라고 두 손으로 빌며 애원도 해 보았지만 모두 부질없는 짓이었다. 그녀는 또한 말이 없었다. 한번은 아버지가 너무 흥분한 나머지, 가족 모임에 참여하지 않는다고 다 큰 딸에게 매를 든 적도 있었지만, 그녀는 분노에 찬 눈빛으로 냉정하게 쏘아보기만 할 뿐 기어코 가지 않았다. 오히려 때릴 테면 때려 보라는 식이었다.

숨겨진 영혼을 찾아내어 그녀의 아름다움을 찬양해 줄 사람이 단 한 명만 있었더라도 브리기타는 자신을 홀대하지 않았을 텐데, 안타깝게도 그런 사람은 없었다. 그럴 능력이 있는 사람도 없었을 뿐 아니라 그녀 자신도 그걸 원치 않았던 것이다.

원래 도시를 좋아해서 그런지 브리기타의 아버지는 주로 수도에 살면서 호화로운 생활을 즐겼다. 딸들이 성장하자 그가 예쁜 딸을 두었다는 소문이 온 동네에 파다하게 퍼져 나갔으며, 이들을 보기 위해 사방에서 수많은 손님들이 몰려왔다. 그뿐 아니라 집 안에서는 전례 없이 많은 회의와 모임이 개최되어 활기를 띠기 시작했다. 이 집 안에 숨겨진 보물을 얻기 위해 젊은이들의 심장은 뜨겁게 고동치고 있었지만, 정작 보물들은 거들떠보지도 않았다. 그런 구애를 이해하기에는 아직 너무 어렸으리라. 하지만 시간이 흐를수록 딸들도 그런 사교계의 모임에 점점 매료되어 갔다. 무도회에 입고 나갈 드레스를 준비하고 손질하느라 정신이 없어 하루 온종일 시간이 어떻게 흘러가는지 모를 정도였다. 아직 어려서 그런 것들을 이해하지도 못하리라는 듯, 막내인 브리기타에게는 관심 있게 물어보는 사람 하나 없었다. 그녀도 가끔 모임에 참석하기는 했지만, 언제나 자신이 손수 만든 펑퍼짐한 검은 실크 원피스를 입고 나타났다. 그렇지 않을 경우 아예 자신의 방에서 나오지 않아, 그곳에서 무엇을 하는지 아무도 몰랐다.

그렇게 또 몇 년의 세월이 흘렀다.

그러던 어느 해에 한 젊은이가 이곳 수도에 나타났다. 그런데 슈테판 무라이라고 불리는 이 청년은 순식간에 각종 사교계의 주목을 받기 시작했다. 그의 아버지는 아들에게 삶의 경험을 쌓을 수 있는 기반을 마련해 주기 위해 그를 시골에서 교육을 시켰다. 교육을 마친 그는 아버지의 지시로 우선 세계 각지로 여행을 떠나야 했으며, 고국으로 돌아온 다음에는 상류사회와 교제를 하도록 되어 있었던 것이다. 청년이 이곳에 나타난 이유는 바로 그 때문이었으며, 사교계에 발을 들여놓은 지 얼마 되지 않아 세인의 총애를 한 몸에 받게 된 것이다. 그의 지혜로움을 칭찬하는 사람이 있는가 하면, 겸손하고 예의 바른 행동을 칭송하는 사람도 있었다. 그런가 하면 어떤 이들은 이보다 멋진 젊은이는 평생 본 적이 없다며 칭찬이 자자했다. 대다수의 사람들은 그를 천재라고 주장하기도 했지만, 어디서나 비방과 험담의 소리는 있게 마련이다. 그를 두고 성격이 다소 거칠고 소심하다고 비난하는 사람이 있는가 하면, 심지어 시골에서 자라 촌티가 난다고 헐뜯는 사람도 있었다. 한편 어떤 이들은 그를 거만한데다 위선적인 면까지 지닌 인간이라고 떠들어 댔다. 하여튼 이런 소문이 자자한 가운데, 젊은 아가씨들은 호기심에 적어도 한 번쯤 그를 만나 보고 싶어 했던 것은 사실이었다. 브리기타의 아버지는 새로 등장한 이 청년의 가족에 대해 잘 알고 있었다. 젊은 시절 여행을 자주 다녔던 브리기타의 아버지가 당시 이 가족의 농장에도 가끔 들렀기 때문이다. 그러다 나중에 그가 수도에 정착하는 바람에 시골에 사는 청년의 가족을 방문할 기회가 없어졌던 것이다. 청년을 다시 만나게 된 그는 예전에 비옥했던 토지에 대해 물어보게 되었고, 그 결과 지금은 농장 경영이 더욱 좋아졌으며, 가족들의 근검절약한 생활 덕분에 경제적으로도 점점 윤택해지고 있다는 소식을 듣게 된 것이다. 그러자 브리기타의 아버지는 이 청년이 자신의 생각을 잘 따라 주기만 한다면, 두 딸 중 하나를 신붓감으로 주어도 괜찮겠다는 생각마저 들었다. 하지만 그와 같은 생각을 하는 부모들이 한둘이 아니었기 때문에, 그는 선수를 치기 위해 서둘러 이 청년을 집으로 초대했으며, 청년은 기꺼이 초대에 응했다. 이후 청년은 그의 집 안에서 베푼 저녁 모임에 몇 번 참석한 적이 있었다. 한편 이 무렵 브리기타는 사교모임에 나가지 않은 지 오래되어 청년을 한 번도 본 적이 없었다.

그러던 어느 날 브리기타는 숙부 댁에서 열린 파티에 초대를 받아 가게 되었다. 어린 시절만 해도 숙부 댁에 놀러 가는 것을 싫어하지 않아 서너 번 간 적이 있었다. 그 날 저녁에도 브리기타는 평소대로 검은 실크 원피스를 입고 그 자리에 나타났다. 머리에는 그녀가 손수 만든 장식을 꽂았는데, 언니들이 늘 보기 싫다고 하던 것이었다. 적어도 이런 시내에서는 그런 장식을 달고 다니는 풍습이 없어진 지 이미 오래되었으나, 그녀의 검은 원피스에는 썩 잘 어울렸다.

축제에는 많은 사람들이 참석했는데, 그 무리들 사이를 둘러보던 브리기타는 한 청년의 부드러운 검은 눈동자가 자신을 향해 있는 것을 느꼈다. 그녀는 곧 시선을 피했으나, 잠시 후 다시 한 번 돌아보았을 때도, 역시 그의 두 눈길은 여전히 그녀를 향해 있었다. 이렇게 그녀를 응시하고 있던 젊은이는 바로 슈테판 무라이였다.

그리고 약 일주일 후 브리기타의 아버지는 무도회를 열었고, 손님들이 대부분 도착해서 무도회가 막 시작되었다. 초대된 무라이도 그 틈에 끼어 있었다. 처음에는 조용히 앉아 구경만 하던 그는 두 번째 춤이 시작되자 브리기타에게 다가가서 정중히 춤을 청했다. 그녀가 춤을 출 줄 모른다고 하자, 그는 허리를 굽히며 물러나더니 다시 관중들 사이로 들어가 어울렸다. 얼마 후 다른 아가씨와 춤을 추는 그의 모습이 보였다. 브리기타는 탁자 뒤에 있는 소파에 앉아 무도회를 구경했다. 무라이는 아가씨들과 어울려 대화를 나누며 춤을 추거나 농담을 주고받기도 했다. 이날따라 그는 유난히 친절하고 정중해 보였다. 마침내 무도회가 끝나고, 모두들 뿔뿔이 흩어져 집으로 돌아갔다. 브리기타도 침실로 돌아갔다. 부모님을 몇 번이나 설득하고 졸라 어렵사리 혼자 사용할 수 있게 된 방이었다. 잠자리에서 옷을 벗던 그녀의 시선이 흘깃 거울을 스쳐 갔다. 그녀의 구리빛 이마와 이마 위로 흘러내리는 새까만 곱슬머리가 거울을 통해 보였다. 그리고 침대로 향했다. 옷을 갈아입을 때 하인을 들이지 않고 혼자 하는 브리기타는 잠자리도 손수 준비했다. 우선 침대에 깔려 있던 새하얀 리넨 이불부터 들추어낸 다음 딱딱한 바닥 위에 누웠다. 항상 침대 바닥이 딱딱한 것을 좋아했던 것이다. 하지만 잠을 이루지 못한 채 가녀린 팔을 머리 밑에 대고 말똥말똥한 눈으로 천정을 바라보았다.

이후로도 그녀의 집에서는 무도회나 파티가 자주 열렸으며, 브리기타도 매번 참석해 무라이의 눈에 띄게 되었다. 그때마다 그는 아주 정중하게 인사를 하곤 했을 뿐 아니라, 무도회가 끝나고 브리기타가 자리에서 일어나면 그녀의 어깨에 숄을 둘러 줄 정도였다. 그녀가 자리를 떠난 다음에는 바로 집으로 향하는 무라이의 마차 소리를 아래층에서 항상 들을 수 있었다.

이런 일이 상당히 오래 지속되었다.

언젠가 브리기타는 숙부의 집에 또 한 번 간 적이 있었다. 그곳 무도회장의 후끈거리는 열기를 피해 잠시 머리를 식히러 그녀는 발코니로 나갔다. 발코니로 통하는 문은 항시 개방되어 있었다. 밤이 깊어 주변은 어둠이 짙게 깔려 있었다. 순간 자신을 향해 다가오는 발자국 소리가 들렸고, 그녀는 어둠 속에서도 옆으로 다가서는 사람이 무라이라는 것을 금방 알아차렸다. 그는 옆에 서서 일상적인 화제로 말문을 열었지만, 자세히 들어 보면 목소리에는 어딘지 모르게 긴장감이 감돌았다. 우선 밤하늘의 아름다움을 찬양하기 시작했다. 그러다 브리기타를 아름답고 친절한 여성이라고 칭찬하면서, 사람들이 그녀에 대해 흠을 잡는다면 그건 잘 몰라서 하는 말이라고 옹호했다. 그녀만큼 사람의 마음을 포근히 감싸주고 평온하게 해 주는 사람은 없다는 것이다. 그리고 할 말을 잃은 무라이는 침묵을 지켰고, 그녀도 말이 없었다. 브리기타가 다시 실내로 들어가자 그도 따라 들어가서는 한참을 창가에 서 있었다.

이 날 밤 집으로 돌아온 브리기타는 몸에 걸친 장식품들을 하나씩 떼고 나서 잠옷으로 갈아입었다. 그리고 거울 앞으로 다가가서는 오랫동안 서 있었다. 거울을 바라보고 있는 그녀의 눈에 눈물이 고이기 시작했다. 눈가를 적시던 눈물은 마를 사이도 없이 번져 나가더니 마침내 아래로 흘러내렸다. 그녀가 이제껏 살아오는 동안 처음으로 흘린 마음의 눈물이었다. 지금까지 헛되이 보낸 삶을 다시 보상이라도 하겠다는 듯이, 점점 더 감정이 격앙되어 슬피 울기 시작했다. 실컷 울고 나면 마음이 후련해지기라도 할 것처럼 목 놓아 흐느끼며 펑펑 울었다. 그러더니 이따금 하던 대로 무릎을 꿇고 바닥에 앉았다. 우연히 그 옆에는 작은 그림이 한 장 눈에 띄었는데, 한 소년이 다른 형제를 대신해 희생하는 장면을 그려 놓은 그림이었다. 그녀는 그림이 눈물에 범벅이 되어 찢어질 정도로 입술에다 바짝 갖다 대고 있었다.

마침내 눈물도 말라 버리고 방 안의 촛불도 다 타들어 가고 있었다. 울다 지친 아이처럼 브리기타는 그렇게 거울 앞에 앉아 여전히 생각에 잠겨 있었다. 두 손은 다소곳이 무릎 위에 놓여 있었고, 눈물에 축축이 젖어 버린 잠옷의 레이스와 주름은 팽팽한 가슴 위로 볼품없이 처져 내렸다. 한참을 꼼짝도 하지 않고 조용히 앉아 있던 그녀는 마침내 시원하게 한숨을 서너 번 몰아쉬더니, 손바닥으로 눈언저리를 비비고 나서 잠자리에 들었다. 조금 전 다 타 버린 촛불 대신 자그마한 병풍 뒤에 세워 놓은 등불이 희미하게 타오르는 것을 보면서 그녀는 이렇게 말했다.

"그럴 리가 없어, 정말이지 그건 불가능한 일이야!"

그리고 곧 잠이 들었다.

그 후에도 브리기타는 무라이와 몇 차례 만났지만, 두 사람의 관계는 여전히 별 진전이 없었다. 굳이 달라졌다면 그녀를 대하는 무라이의 태도가 더욱 극진해졌다는 것이다. 하지만 그 표현이 너무 소극적이어서 어떨 때는 그녀를 두려워하는 것 같아 보였다. 만나서도 그녀에게 거의 말을 걸지 못했으며, 한편 그녀 쪽에서도 그에게 다가가려는 일말의 기색도 보이지 않았다.

이렇게 시간이 흐르는 가운데, 어느 날 그녀와 단둘이 말할 기회가 다시 한 번 온 적이 있었다. 예전에는 이런 기회를 수없이 헛되이 흘려 버린 무라이였지만, 이번에는 용기를 내어 그녀에게 말을 걸었다. 자기가 보기에 그녀가 자신을 멀리하는 것 같은데, 만약 그렇다면 이제부터라도 자신에게 좀 관심을 갖고 알아보면 크게 실망하지 않을 것이며, 혹시 그녀의 존경을 받을 만한 사람일 수도 있지 않겠냐는 내용이었다. 자신은 좀 더 성스러운 관계를 원하지만, 현재로서는 더 이상 기대하지 않는다는 것이었다.

"그렇지 않아요, 무라이 씨." 그녀가 말했다.

"멀리하다니요, 절대 그렇지 않아요. 하지만 한 가지만 부탁드릴게요. 저를 가까이 하지 마세요. 그리고 제게 청혼하실 생각도 하지 마세요. 나중에는 결국 후회하실 거예요."

"왜 그래요, 브리기타, 도대체 뭣 때문에 그러죠?"

"저는 아주 숭고한 사랑 외에 다른 어떤 사랑도 원할 수 없는 사람이에요. 제 자신이 못생긴 여자라는 사실을 저는 너무나 잘 알기 때문에, 이 세상의 아름다운 여인들보다 더 숭고한 사랑을 찾는 거예요. 그 사랑이 얼마나 숭고한지는 모르지만, 아마도 헤아릴 수 없을 만큼 무한할 것 같아요. 이제 아시겠죠, 우리 두 사람은 이루어질 수 없는 관계예요. 그러니 제게 청혼할 생각은 하지 마세요. 제게 진심을 물어본 사람은 오직 당신뿐이었어요. 차마 당신한테는 거짓말을 못하겠어요."

때마침 사람들이 몰려오지 않았다면 그녀는 이야기를 계속했을지 모른다. 그녀의 입술은 고통으로 떨고 있었다.

이런 말들이 무라이의 마음을 진정시키기는커녕 오히려 더욱 불타오르게 한 것은 당연한 일이었다. 빛의 천사를 대하듯 그는 그녀를 존경했으며, 자기를 둘러싼 주변의 수많은 아름다운 여인들의 시선을 피해 일단은 뒤로 물러섰다. 하지만 그의 시선은 애원하듯 조용히 그녀의 눈길을 찾고 있었다. 그런 상태로 두 사람의 관계는 계속되었다. 이제 삭막하기만 했던 브리기타의 영혼도 위대한 사랑의 감정으로 떨리기 시작했다. 이렇게 두 사람의 감정은 서서히 표면으로 드러나게 되었다. 도저히 믿기 어려운 이런 사실을 알아차린 주위 사람들은 노골적으로 놀라운 기색을 드러내기에 이르렀다. 그렇지만 무라이는 모든 사람들 앞에서 자신의 감정을 숨기지 않고 떳떳이 드러내었다. 어느 날 음악회가 열린 적이 있었다. 청중들로 가득한 조용한 실내에 음악소리가 은은히 울려 퍼지는 가운데, 무라이는 브리기타 앞에 서서 말없이 손을 잡고는 앞으로 끌어

당겼다. 그녀는 별다른 저항 없이 순순히 응했다. 이어 그의 얼굴은 점점 그녀에게 가까워지더니 어느 순간 무라이의 입술이 그녀의 입술과 마주치면서 힘차고 달콤한 키스를 했다. 브리기타는 지금까지 키스를 받아본 적이 한 번도 없었다. 심지어 어머니나 언니로부터도 키스를 받아본 적이 없었던 것이다. 그리고 여러 해가 지난 후 언젠가 무라이는, 당시 자신은 그렇게 고독하고 순결한 입술은 처음이었으며, 그처럼 순수한 희열은 평생 느껴 본 적이 없었다고 했다.

이렇게 두 사람 사이에 드리워졌던 커튼을 완전히 걷어 버리고, 사랑의 운명이 문을 열기 시작했다. 며칠 후 양가 부모들의 승낙하에 브리기타는 축복을 받으며 무라이의 약혼자가 되었다. 두 사람은 이제 어디서나 다정하게 교제를 했다. 그녀의 가슴 깊숙한 곳에서 지금까지 무시되었던 따사로운 본성이 우러나왔다. 이런 본성은 처음에는 거의 눈에 띄지 않게 조금씩 드러났으나 점점 풍요롭고 활발하게 솟아나왔다. 여인으로서 남성을 매료시켰던 그녀의 매력은 그 후에도 무라이를 결코 실망시키지 않았다. 그녀는 다른 여인들과 달리 강인하면서도 청순했다. 예전에 사랑의 감정이나 사랑의 추억들로 인해 마음이 흔들려 본 적이 없는 순수한 그녀였기에, 그녀를 대할 때마다 무라이의 영혼은 활기찬 삶의 숨결로 풍요로워졌다. 두 사람의 교제는 너무 매력적이었다. 늘 혼자였던 탓에, 혼자서도 자신만의 세상을 구축할 수 있었던 그녀는, 자신만이 지니고 있는 미지의 새로운 세계로 그를 끌어들일 수 있었던 것이다. 한편 그녀의 내면세계가 자신 앞에 펼쳐지자, 무라이는 풍요롭지만 고독했던 마음의 호수로부터 황금 물결처럼 솟아오르는 그녀의 은은하지만 뜨거운 사랑을 느낄 수 있었다. 다른 사람들의 경우 마음의 세계가 반쪽으로 나뉘어져 있는 데 반해, 그녀의 마음은 완전히 하나의 세계로 일치되었던 것이다. 그런 세계를 오롯이 혼자만 알고 혼자만 독차지하게 된 그는 기쁨과 흥분 속에서 행복한 약혼 시절을 보낼 수 있었다.

시간은 장밋빛 날개를 타고 흘렀으며, 브리기타의 운명엔 무라이의 사랑이 끊임없이 넘나들었다.

이윽고 결혼식 날이 왔다. 성스러운 예식이 끝나자 무라이는 얌전한 신부의 팔짱을 끼고 교회의 문턱을 넘었다. 그리고 신부를 마차에 태운 다음 집으로 향했다. 두 젊은 이는 시내에 그대로 머물기로 결정했던 것이다. 그들이 신혼 생활을 시작할 집은 무라이의 아버지로부터 물려받은 것으로, 그의 전 재산 중 가장 아름답고 화려한 것이었다. 무라이의 아버지는 두 사람의 결혼식에 참여하기 위해 시골에서 올라왔지만, 그의 어머니는 그 기쁨을 함께 나눌 수 없었다. 이미 오래전에 돌아가셨기 때문이다. 신부 측에서는 신부의 부모와 언니들, 그리고 외숙부와 가까운 친지들이 참여했다. 브리기타의 아버지는 물론 무라이 역시 모든 사람들과 함께 성대한 피로연을 베풀 작정이었으므로, 계획대로 이날의 축제는 성황리에 막을 내렸다.

드디어 마지막 손님들이 떠나자, 무라이는 불이 켜진 방들을 지나 거실로 신부를 안내했다. 이 집에는 무수한 방들이 있었지만, 지금까지는 오직 한 사람을 위해 존재했던 것이다. 두 사람은 자리에 앉았다. 이때 무라이가 입을 열었다.

"모든 일이 훌륭하고 멋지게 치러진 것 같소. 정말 아름다운 하루였소. 브리기타! 이제 당신은 나의 아내가 되었소. 당신을 처음 본 순간 이 여인이야말로 내게 없어서는 안 될 사람이라는 생각이 들었다오. 하지만 그때만 해도 당신을 영원히 사랑하게 될지 아니면 영원히 증오하게 될지 확신이 서지 않았다오. 그런데 이렇게 사랑하게 되었으니 얼마나 기쁜 일이오."

브리기타는 말없이 그의 손을 잡고 영롱한 눈빛으로 조용히 방 안을 둘러보고 있었다.

잠시 후 그들은 하인을 시켜 식탁에 남은 음식들을 치우게 하고, 필요 없는 불들은 모두 끄게 했다. 그리고 축제 분위기로 꾸며 놓았던 방들이 원래대로 정리되자, 하인들은 각자 자기 방으로 돌아갔다. 새 주인을 맞이해 겨우 서너 시간밖에 되지 않은 신혼 방에는 첫날밤이 조용히 저물어 가고 있었다.

이제부터 그들은 집 안에서만 생활해 나갔다. 처음 사귈 때는 연회장에서만 만났고, 약혼 시절에는 언제나 공공연히 만나던 두 사람이었지만, 이제는 한결같이 집 안에서만 머물렀다. 바깥세상에서 그들의 행복을 추구할 수 없다는 것이 두 사람의 생각이었다. 그들에게 항상 필요한 것은 집 안에 기본적으로 갖추어져 있지만, 세부적으로는 아직 고치고 미화시켜야 할 부분들이 한두 군데가 아니었다. 두 사람은 손을 보아야 할 부분들을 이리저리 찾아내어 서로 상의해 가며 하나씩 개선해 나갔다. 그러자 실내는 점점 더 깔끔하게 정돈되어, 방 안으로 들어온 사람들은 누구나 아늑하고 산뜻한 분위기와 소박한 아름다움에 젖어들 정도로 꾸며졌다.

일 년이 지난 후 브리기타는 아들을 낳았다. 새로 태어난 귀여운 아기 때문에 그녀가 집 안에 머무는 시간은 더욱 늘어났다. 브리기타가 아기를 돌보는 동안 무라이는 사업을 돌보았다. 아버지로부터 물려받은 토지의 일부를 관리 운영하고 있었던 것이다. 하지만 농장에서 먼 시내에 거주하고 있어 번거로운 일이 한두 가지가 아니었다.

아기가 어느 정도 자라서 직접 돌보아야 하는 일이 줄어들고, 사업도 정리되어 제자리를 잡아가자, 무라이는 아내를 공식 석상에 자주 동행하기 시작했다. 사교모임에 가거나 산책을 함께 가기도 하고, 예전에 즐겨 다니던 연극을 보러 다니기도 했다. 이렇게 함께하면서 남편이 집에 있을 때보다 사람들 앞에서 더욱 신경을 쓰며 극진히 대해 준다는 사실을 브리기타는 깨달았다.

"이제 그이가 나의 결점을 알아차렸구나" 하는 생각이 들자 그녀는 가슴이 답답하게 조여 오는 듯했다.

이듬해 봄 무라이는 아내와 아이를 데리고 여행을 떠났다가 가을 무렵 돌아왔다. 여행에서 돌아온 그는 농장이 있는 시골에서 상주하는 것이 어떻겠냐고 아내에게 제안을 했다. 도시 생활보다는 시골 생활이 한결 아름답고 평화로울 것이라는 생각에서였다.

브리기타는 그를 따라 시골로 내려갔다.

시골에서 무라이는 농장을 관리하고 농지를 개간하면서, 일이 없는 시간에는 사냥을 즐기며 한가롭게 지냈다. 하지만 늘 보아 왔던 여인과는 전혀 다른 여인을 사냥터에서 만날 운명이 그를 기다리고 있었다. 어느 날 평소처럼 혼자 엽총을 들고 사냥을 나갔다가 이 여인을 만나게 된 것이다. 이날도 천천히 버드나무 숲 사이로 말을 몰다가 옆으로 돌리는 순간, 그는 울창한 덤불 사이로 두 눈빛과 마주쳤다. 놀란 여인의 두 눈빛은 이국적인 가젤영양처럼 아름답게 반짝거렸으며, 푸른 나뭇잎 옆으로 보이는 두 뺨은 붉은 아침노을을 받아 발그스레했다. 그러나 잠시뿐이었다. 그가 제대로 보려고 하자, 역시 말을 타고 관목 사이에 서 있던 여인은 말 머리를 돌려 순식간에 덤불 사이로 뻗어 나간 평원으로 사라졌다.

그녀는 근처에 사는 늙은 백작의 딸인 가브리엘이었다. 백작은 이곳 시골에서 자연 그대로 자유로이 딸을 길렀기 때문에 그녀는 야성미가 넘치는 아가씨로 자랐다. 원래 꼭두각시 같은 인간을 싫어했던 백작이 딸을 자연 속에서 최대한 자유분방하게 성장시켜 틀에 박힌 인간이 되지 않도록 하려는 의도였던 것이다. 가브리엘의 아름다움에 대해서는 이미 소문이 자자했지만, 무라이만 아직 모르고 있었다. 지금까지 그는 이런 농장에서 살아 본 적도 없었을 뿐 아니라 최근엔 오랜 여행까지 다녀온 터였다.

며칠 후 두 사람은 거의 같은 장소에서 다시 마주치게 되었고, 이후로 그들의 만남은 점점 더 잦아졌다. 이들은 이름이 무엇이고 어디서 왔는지에 대해서는 서로 묻지 않았지만, 원래 거리낌 없이 발랄한 아가씨였던 가브리엘은 자유분방하게 웃고 즐기며 그를 희롱하기도 했다. 때로는 남자들처럼 대담하게 말달리기 경주를 제안하고는, 미친 듯이 말을 달려 그를 따라잡았다. 이처럼 불타오르듯 정열적인 그녀의 모습은 멋지고 신비로워 보이기까지 했다. 무라이는 그녀의 농담을 받아 주었으며 시합에서는 일부러 져주곤 했다. 그러던 어느 날 술래잡기를 하던 가브리엘이 숨을 헐떡거리며 그의 말고삐를 가리키며 멈추자고 했다. 너무 숨이 차 말도 못할 지경이었다. 기진맥진한 채 말에서 내리던 그녀는 요염한 목소리로 자신이 졌다고 소근거렸다. 약간 손상된 그녀의 말등자 벨트를 수리하고 난 무라이는 나무 둥지 옆에 정열적으로 서 있는 그녀를 바라보더니, 갑자기 낚아채듯 그녀를 가슴으로 와락 끌어안았다. 그러곤 그녀가 화를 냈는지 아니면 좋아했는지 볼 겨를도 없이 말에 올라타고는 순식간에 사라졌다. 한편으로 자신의 행동이 불손하다는 생각이 들기는 했지만, 그 순간 무라이는 형용할 수 없는 황홀감에 사로잡혔다. 집으로 돌아오는 길에도 그녀의 부드러운 두 뺨과 감미로운 숨결, 반짝이는 눈빛이 계속 그의 눈앞에 어른거렸다.

그 이후로 두 사람은 서로 만나지 않았다. 하지만 이웃 무도회장에서 우연히 한 번 마주친 적이 있었는데, 이때 두 사람의 볼은 발갛게 물들었다.

얼마 후 무라이는 좀 떨어진 곳에 있는 또 다른 영지로 가서 그곳에서 한동안 농지를 개간했다.

하지만 브리기타는 마음속으로 결단을 내렸다. 말은 하지 않았지만, 그녀의 가슴은 수치심과 모욕감으로 가득 차 있었던 것이다. 온통 먹구름이 감도는 분위기 속에서 그녀는 여러 날을 집 안에서 애를 태우며 서성거렸다. 분노로 끓어오르는 가슴을 쥐어뜯어 보기도 했지만, 결국 그녀는 모든 것을 체념하고 말았다.

남편이 영지를 개간하고 돌아왔을 때, 브리기타는 그의 방으로 가서는 이제 조용히 헤어지자고 부드럽게 제안을 했다. 이에 놀란 무라이가 그녀를 달래 보기도 하고 불평을 해 보기도 하지만, 다음과 같은 말만 되풀이할 뿐이었다.

"당신은 곧 후회하게 될 거라고 제가 말했잖아요."

마침내 그는 벌떡 일어나더니 그녀의 손을 움켜쥐고는

단호한 어조로 이렇게 말했다.

“당신 같은 여자는 이제 꼴도 보기 싫어. 지긋지긋하단 말이야!”

그녀는 한 마디도 대꾸하지 않고, 오직 분노에 가득 찬 눈빛으로 차갑게 그를 쏘아보기만 했다. 하지만 사흘이 지난 후 그가 여장을 챙겨서 부친 다음 저녁 무렵 옷을 갈아입고 훌쩍 떠나 버리고 나자, 언젠가 정원의 숲에서 마음의 시를 읊었던 그때처럼 브리기타는 양탄자 바닥에 쓰러져 쓰라린 가슴을 달래며 뜨거운 눈물을 흘렸다. 그녀의 눈물은 너무 뜨거운 나머지 옷과 양탄자는 물론 방바닥의 판자까지 모조리 불태워 버릴 것처럼 흘러내렸다. 이것이 열렬히 사랑했던 사람을 위해 흘린 그녀의 마지막 눈물이었다. 그때까지만 해도 그에 대한 사랑이 아직 식지 않았던 것이다. 이후로 그녀는 눈물을 흘려 본 적이 없었다.

한편 집을 나온 무라이는 어둠이 깔린 평원을 지나는 동안 고통을 이기지 못해, 들끓는 머리를 권총으로 박살내고 싶은 충동을 수백 번도 더 느꼈다. 가브리엘의 성 앞을 지날 때만 해도 아직 날이 완전히 저물지 않았다. 그녀가 발코니 위에 서 있었지만, 그는 거들떠보지도 않은 채 묵묵히 말을 몰며 지나갔다.

그리고 반년이 지난 후 무라이는 이혼동의서를 보냈으며, 아이는 브리기타에게 맡겼다. 그녀에게 맡긴 이유는 엄마의 손에서 자라는 것이 아이를 위해 좋다는 생각에서이기도 하지만, 그녀에 대한 옛 정이 아직 남아 있었기 때문이었다. 자신이야 넓은 세상을 경험하며 살아가겠지만, 홀로 남은 그녀에게서 아이마저 빼앗고 싶지 않았던 것이다. 재산 문제만 해도 그는 가능한 브리기타와 아이를 위해 최대한 배려해, 관련 서류들도 편지와 함께 동봉해 보냈다. 이러한 편지가 무라이가 자신의 존재를 알린 처음이자 마지막 소식이었다. 이후로는 연락이 끊어지고 얼굴 한 번 비추지 않았다. 그의 변호사에 따르면, 무라이에게 필요한 돈은 안트베르펜*에 있는 한 은행으로 송금되었다고 한다. 그에 관한 소식은 변호사도 더 이상 알지 못했다.

이 무렵 브리기타의 어머니와 아버지, 두 언니마저 차례대로 세상을 떠났다. 그 후 얼마 안 있어 이미 노쇠했던 무

* Antwerpen: 벨기에의 항구 도시.

라이의 아버지도 세상을 떠났다.

이렇게 해서 그녀는 이 세상에 아들 하나밖에 없는 외로운 처지가 되고 말았다.

브리기타는 도시에서도 멀리 떨어진 외딴 벌판에 아는 사람 하나 없이 덩그러니 집 한 채만 갖고 홀로 남게 되었다. 이 농장이 바로 마로쉘리였으며, 이 집안의 이름도 여기서 유래된 것이다. 남편과 헤어진 후부터 그녀는 원래 이름을 다시 찾게 되었고, 이제 황야로 들어가 은둔생활을 시작한 것이다.

언젠가 어린 시절 동정심에서 사람들이 그녀에게 예쁜 인형을 선물하기라도 하면 얼마 지나지 않아 팽개쳐 버리고는, 돌멩이나 나뭇가지 같은 온갖 잡동사니들을 침대에 잔뜩 모아 놓곤 했다. 그랬던 그녀가 가장 소중한 아들을 마로쉘리로 데리고 와 돌보면서, 오로지 아들의 작은 침대만을 외로이 쳐다보는 신세가 된 것이다.

이 아들이 점점 자라서 자그맣던 눈이 제법 커지고 철도 들게 되자, 어머니의 일을 도왔다. 그녀는 주변의 황무지에 눈을 돌려 개간하기 시작했다. 이렇게 해서 남장을 한 채 예전 소녀 시절처럼 말을 타고 일꾼들 틈에 나타나게 된 것이다. 소년으로 성장한 아들이 말을 능숙하게 탈 수 있게 되자, 이제 어머니가 가는 곳이면 어디든지 따라다녔다. 끊임없이 추구하는 활동적이고 창조적인 어머니의 기질이 아들에게 점차 전수되었다. 그녀는 아들의 이런 기질을 더욱 더 발전시켜 나갔다. 창조주이신 하늘도 그녀의 노력에 감동을 받았는지, 세월이 흐르면서 황무지는 푸른 언덕으로 물결쳤으며 곳곳에 냇물이 흘러내렸다. 포도넝쿨이 풍성한 밀어를 속삭이는 가운데 황량한 돌밭 위로 힘찬 영웅노래가 울려 퍼졌다. 그녀의 번영을 축복해 주는 찬가였다. 한편 많은 사람들이 그녀를 본받아 조합을 형성하기 시작했으며, 멀리 떨어져 있는 마을 사람들까지 그녀의 정신에 감동을 받았다. 이렇게 해서 황폐하고 메마른 황야의 오지에 자유분방한 인간의 섭리가 아름다운 꽃향기처럼 사방으로 번져 나갔다.

그리고 십오 년이 흐른 후 브리기타가 마로쉘리에 안주하는 동안, 소령은 한 번도 와 본 적이 없는 우바르 농장으로 들어왔다. 이미 말했듯이 소령은 그녀의 근면한 활동과 성실한 면을 본받았으며, 뒤늦게나마 그녀에 대한 깊고 심오한 사랑도 느끼게 된 것이다.

앞에서 브리기타의 젊은 시절에 대해 상세히 밝혔으니 지금부터는 중단했던 이야기를 다시 시작해 보자.

4. 초원의 현재

우리는 말을 타고 마로쉘리로 향했다. 예상대로 브리기타는 도착한 첫 날 내게 말을 내주었던 바로 그 여인이었다. 나를 알아본 그녀는 다정하게 미소를 지었지만, 나는 그녀에게 팁을 주려고 했던 일이 생각나서 얼굴이 화끈거렸다. 나와 소령 외에는 방문한 사람이 없었다. 그는 여행을 통해 알게 된 사이라고 부인에게 나를 소개했다. 워낙 오랫동안 함께 지낸 적이 많아 이제는 아는 사이를 넘어 친구 사이가 되어 간다고 호탕하게 떠벌렸다. 소령의 소개를 듣고 보니 기분이 좋았다. 예전에 그와 함께 생활했던 우리의 친분관계를 그녀가 거의 소상하게 알고 있다는 사실이

내게는 여간 큰 기쁨이 아니었다. 소령이 브리기타에게 나에 관해 모두 이야기해 준 것이 분명했다. 아직도 옛 추억을 잊지 않고 즐겁게 간직하고 있는 소령은 물론 그런 일들을 잊지 않고 관심 있게 들어 준 그녀가 내게는 무척 고마웠다.

지금은 내게 성과 농장 구경을 따로 시켜 주지 않겠다고 브리기타 부인이 말했다. 지금 당장 구경하지 않더라도 나중에 혼자서 산책을 나가거나, 혹은 우바르에서 이곳 마로쉘리 농장으로 올 때 언제든지 천천히 돌아볼 수 있다는 것이다. 그러면서 내게 자주 방문해 달라고 정중히 요청했다.

그리고 소령에게는 요즘 자주 들르지 않았다고 은근히 나무랐다. 일이 많이 밀린 탓도 있지만, 무엇보다 나와 함께 오느라 이렇게 늦었다고 그는 변명을 했다. 말하자면, 그녀에게 소개시켜 주기 전에 우선 그녀와 사귈 만한 사람인지 나의 됨됨이를 알아보느라 시간이 걸렸다는 것이다.

우리는 집 안에 있는 커다란 홀로 들어가 잠시 쉬었다. 소령이 수첩을 꺼내서 부인에게 여러 가지 사항에 대해 질문을 하자, 그녀는 간단명료하게 대답을 했으며, 그때마다 그는 꼼꼼하게 기록해 나갔다. 부인 또한 이웃 근황이나 최근 농장 관리 상태, 앞으로 열릴 마을회의 등 이것저것 궁금한 점을 물어보았다. 두 사람이 나누는 대화를 통해 나는 이들이 아주 진지하게 사업에 대해 상의하는 모습을 눈으로 직접 확인할 수 있었다. 소령은 언제나 그녀의 의견을 신중하게 받아들였다. 브리기타는 미심쩍은 부분이 나오면 잘 모르겠다고 솔직히 털어놓으면서 소령에게 도움을 청하기도 했다.

충분히 휴식을 취하고 나자 소령은 수첩을 집어넣었고, 우리는 모두 자리에서 일어나 산책을 나갔다. 농장을 살펴보는 동안 두 사람은 종종 최근에 고치고 수리한 시설물에 대해 이야기를 나누곤 했다. 이야기 중간에 브리기타는 이따금 소령의 농장 문제도 제기했는데, 이때마다 그녀의 어조에는 마치 자기 일을 걱정하는 듯한 어떤 애잔함이 깃들어 있었다. 한편 브리기타는 자기 집 정원 근처에 새로 설치해 놓은 나무 주랑을 가리키면서 포도나무를 심어 넝쿨을 올리려고 하는데, 소령의 의향은 어떤지 물었다. 그리고 소령의 뜰에도 그런 시설을 해 놓으면 늦가을 햇살을 제대로 즐길 수 있을 거라며 권하기도 했다. 그녀는 우리를 정원으로 안내했다. 십 년 전만 해도 떡갈나무만 무성한 황폐한 숲이었다는 이곳에는 지금 길이 새로 뚫리고 울타리로 둘러놓은 실개천들이 곳곳에 흐르는 가운데 노루들이 뛰어놀고 있었다. 상당히 오랜 시간을 들여 그녀는 광대한 정원 주변에 높은 담을 쳐 놓았는데, 늑대의 침입에 대비하기 위해서였다. 그 비용은 그동안 점차 늘어난 가축들이나 옥수수 밭에서 수확한 돈으로 조금씩 충당해 나갔다는 것이다. 담을 다 쌓은 다음에는 늑대가 한 마리라도 남아 있지 않을까 해서 정원 구석구석 으슥한 곳까지 샅샅이 뒤져보았다고 했다. 결국 한 마리도 발견되지 않았지만, 만약 남은 한 마리가 새끼를 낳게 되면 늑대 소굴이 될지도 모를 일이었기 때문이다. 노루들은 공사가 끝나고 다른 위험 예방책이 모두 완료된 후에야 울타리 안에 풀어놓았다. 노루들은 주인의 이런 노고를 알기라도 하듯 부인에게 감사하는 것처럼 보였다. 정원을 거니는 동안 많은 노루들을 만났지만, 두려운 기색 하나 없이 초롱초롱한 까만 눈망울로 우리를 바라보고 있었기 때문이다. 브리기타는 자신이 정성을 기울인 정원을 우리에게 안내하는 것이 즐거운 모양이었다. 정원 위쪽에 있는 꿩 사육장도 구경했다. 우리가 이렇게 정원을 산책하는 동안 흰 구름이 떡갈나무 우듬지 사이로 내려다보았다. 틈틈이 브리기타를 살펴볼 기회가 있었던 내게 그녀의 눈은 노루보다 더 까맣게 반짝이는 것처럼 보였다. 자신의 역량을 존중하고 이해해 주는 사람이 함께 있어 그런지, 오늘따라 그녀의 눈빛이 유난히 환하게 빛나는 듯했다. 한편 이빨은 눈처럼 새하얗게 보였으며 나이에 비해 몸매도 유연하고 강인했다. 오늘은 우리를 위해 봉사하기로 한 탓인지 브리기타는 모든 일을 제쳐 놓고 여성스러운 차림으로 소령을 기다리고 있었다.

나라의 장래라든가 일반 서민들의 생활 개선이나 체질 향상, 농지 경작과 활용도, 도나우 강의 개발 문제, 애국자들의 신상 문제 등 다양한 화제로 이야기를 나누는 동안에 우리는 어느새 정원을 거의 대부분 둘러보았다. 앞에서 이미 말한 대로 그녀는 우리를 농장으로 안내하지 않고, 좀 더 대화를 나누기 위해서 집으로 데리고 왔다. 마침 식사 시간이기도 했던 것이다. 브리기타의 아들 구스타프도 식당에 와 있었다. 햇볕에 구릿빛으로 제법 그을린 두 뺨에 다 훤칠한 키는 보기에도 혈기왕성한 건강한 모습이었다. 오늘은 어머니 대신 농장으로 나가 일을 하고 왔는지, 그녀에게 짤막한 경과 보고를 했다. 식사를 하는 동안에 그는 얌전하게 앉아서 우리들의 대화에 조용히 귀를 기울이기만 했다. 아름다운 그의 두 눈에서 나는 미래에 대한 열정과 현재에 대한 무한한 의욕을 엿볼 수 있었다. 여기서도 소령의 집과 마찬가지로 하인들과 함께 식사를 했는데, 마침 밀로쉬와 눈이 마주쳤다. 구면이었던 그는 내게 인사를 건넸다.

이날 오후에는 그녀가 최근에 새로 설치한 뜰 주변과 포도밭의 주랑을 살펴보는 데 대부분의 시간을 보냈다. 이런 시설들은 소령도 처음 보는 것이었다.

저녁 무렵이 되어서야 우리는 헤어졌다. 떠날 준비를 하면서 우리가 막 옷을 챙기는데, 불현듯 브리기타가 소령을 나무랐다. 얼마 전에 그가 괴메르 씨를 만나러 가면서 밤바람이 찬데 너무 얇은 차림으로 나갔다는 것이다. 이곳 평원의 밤바람이 얼마나 몸에 해로운데, 그런 무모한 짓을 하느냐고 그녀는 야단을 치며 걱정을 했다. 이에 대해 소령은 아무런 변명도 하지 않고 다음부터 조심하겠다고 조용히 말했다. 당시 외투를 걸치지 않았던 구스타프에게 소령이 분다를 벗어 준 사실을 나는 잘 알고 있었다. 그는 마구간에 또 한 벌이 있으니 염려하지 말라고 거짓말을 하면서 구스타프에게 입혀 준 것이다. 하지만 이번에 우리는 브리기타 덕분에 충분히 옷을 껴입을 수 있었다. 그녀는 모든 것을 손수 챙겨 주었으며 우리가 두툼한 외투로 무장을 하고 말에 오를 때까지 집 안으로 들어가지 않고 지켜보았다. 벌써 달이 훤히 떠올랐다. 그녀는 마지막으로 소령에게 몇 가지 더 당부를 하고 나서야, 짤막하지만 정중하고 다정한 작별인사를 했다.

이날 하루 종일 두 사람이 주고받은 대화는 조용하면서도 유쾌한 내용들이었다. 내가 보기에 둘 사이에는 은근하지만 애틋한 정이 깃들어 있는 것 같았다. 다만 나이를 의식한 탓인지 겉으로 드러내지 않을 뿐이었다. 돌아오는 길에 나는 브리기타를 찬양하는 솔직한 심정을 소령에게 감출 수 없었다. 하지만 소령은 이렇게 말하는 것이었다.

“지금까지 살아오는 동안 뜨거운 사랑도 해 보았고 그런 사랑을 받아보기도 했죠. 그것이 진정한 사랑인지 모르겠으나, 이 여인과 교제를 하고 존중할 수 있다는 것이 내게는 이 세상 다른 어떤 일보다도 최고의 행운처럼 느껴진답니다.”

이런 말을 하는 동안 그의 감정은 조금도 흔들림이 없었고 침착하면서도 확신에 찬 어조였기 때문에, 나는 그의 이야기가 꾸밈없이 진심에서 우러나온 것임을 확인할 수 있었다. 이 순간 평소의 나답지 않게 두 사람의 우정과 소령의 일상생활이 부러운 느낌마저 들었다. 당시만 해도 나는 그처럼 정열적으로 자신을 바쳐 몰입할 확고한 목표가 없었기 때문이다. 내가 가진 것이라곤 이 지방 저 지방으로 떠돌아다니는 나를 안내하며 지탱해 주는 여행용 지팡이뿐이었다. 하지만 그런 지팡이가 나의 미래를 보장해 줄 수는 없지 않은가.

집에 도착하자 소령은 여름은 물론 겨울에도 자신과 함께 보내는 것이 어떻겠냐고 내게 제안을 해 왔다. 날이 갈수록 그는 더욱 큰 신뢰감으로 나를 대해 주었을 뿐 아니라 내가 그의 생활과 마음을 더욱 깊이 헤아릴 수 있도록 배려해 주었으므로, 나 또한 진심으로 그에 대한 사랑의 감정과 호감이 우러나올 수밖에 없었다. 흔쾌히 그의 제안을 받아들이자, 그렇게 해 준다면 머지않아 자기 농장의 일부를 내게 넘겨줄 수도 있다고 했다. 아울러 내가 결정한 일을 결코 후회하지는 않을 것이며, 나의 장래에도 많은 도움이 될 거라고 했다. 그 농장 일에도 동의했으며 사실 내게 많은 도움이 되기도 했다. 지금 내가 이렇게 가정을 꾸리고 사랑하는 아내와 살면서 그녀를 위해 일을 하고, 재산을 모아 집안에 활기를 불어넣을 수 있는 것도 모두 소령 덕분이다. 그가 개척해 놓은 농장의 일부를 물려받았을 때 나는 최선을 다해 일구어 나가기로 마음먹었다. 그 후 일이 익숙해지면서 내게 할당된 농지도 점점 더 비옥하게 되었다. 이제 스스로 유익한 존재라는 생각이 들면서 나 자신을 존중할 줄도 알게 되었다. 노동을 통해 얻는 창조의 기쁨은, 지금까지 여행을 하면서 쌓은 경험과는 비교가 되지 않을 정도로 크다는 사실도 깨닫게 되었다. 이렇게 서서히 일에 적응해 나갔다.

그렇게 점차 세월이 흐르는 동안 나는 우바르에 정착해 한없이 행복한 나날을 보냈다.

나는 종종 농장 일로 마로쉘리에 들렀다. 이제 사람들도 나를 인식하게 되었고, 소령이나 브리기타의 가족이나 거의 다름없을 정도로 친해졌기 때문에 두 사람의 관계에 대해서도 좀 더 구체적으로 알게 되었다. 이들이 서로 은밀히 정을 통한다거나 열렬히 사랑을 나누고 있다는 둥, 심지어 서로 떨어질 수 없는 사이라는 둥 온갖 소문이 자자했지만 모두 헛소문일 뿐이었다. 그와 대조적으로 소령과 브리기타 사이에는 내가 일찍이 경험해 보지 못한 참으로 묘한 관계가 이루어지고 있었다. 흔히 남녀 간의 관계를 사랑이라고 부르는 데 어떤 이의도 제기하지 않겠지만, 두 사람의 관계는 좀 특별해 보였다. 소령은 고귀한 신을 섬기듯 중년의 여인에게 다정하면서도 존경심에 가득한 사랑으로 대하고 있었다. 이런 사랑을 마음 깊은 곳에서 받아들이는 그녀는 기쁨으로 충만해 보였다. 기쁨으로 충만한 그녀의 얼굴은 늦여름에 핀 꽃처럼 화사하게 피어올랐으며, 믿기 어려울 정도로 아름다운 광휘는 탐스럽게 활짝 핀 장미꽃 같았다. 그녀 역시 소령을 관심 어린 존경심으로 대했으며, 다만 이런 존경심에는 이따금 그의 건강을 염려한다거나 일상생활에서 필요한 자질구레한 배려와 보살핌이 깃들어 있었다. 이런 점들은 여인들이 흔히 지니고 있는 사랑이 될 수도 있을 것이다. 두 사람의 관계는 그 이상은 넘지 않았으며, 그렇게 서로를 의지하며 살고 있었다.

언젠가 두 사람은 그들의 문제에 관해 서로 진지하게 의논한 적이 있었다고, 소령이 한번 말한 적이 있었다. 내가 보기에 보통 사람들 사이에서는 보기 드문 대화였다. 즉 아름다운 우정을 지켜 니가면서 서로 성실하게 노력하고 협동해 나가자는 내용이었다. 하지만 두 사람의 관계는 그뿐이었다. 그들은 성스러운 제단의 범주를 벗어나지 않는 도덕적인 삶을 유지하며 죽는 날까지 행복하게 살자고 약속했다. 또다시 가시에 찔리거나 기만당하는 일이 없도록 사랑의 운명 따위는 더 이상 논하지 않기로 한 것이다.

이상이 소령이 내게 해 준 이야기였지만, 그 후 얼마 지나지 않아 이 운명이 갑자기 모든 것을 스스로 해결해 주었다.

이미 늦가을로 접어들었다. 초겨울이라 해도 믿을 정도로 단단히 얼어붙은 황야 위에 안개가 자욱이 낀 어느 날이었다. 나는 말을 타고 소령과 함께 어린 포플러 나무들이 늘어선 새로 단장된 길을 가고 있었다. 아마도 사냥을 하러 나갔던 것으로 기억된다. 갑자기 두 발의 둔탁한 총성이 안개 사이로 울려 퍼졌다. 그 순간 소령이 외쳤다.

"저건 분명히 내 총인데, 다른 사람 총소리와 다르지."

영문을 몰라 내가 물어보려고 했으나, 그는 어느새 가로수를 따라 쏜살같이 달려가고 있었다. 그렇게 무섭게 질주하는 말을 여태 본 적이 없었던 나는 불길한 예감이 들어 그를 뒤쫓아 갔다. 겨우 소령을 따라잡았을 때는 끔찍스러우면서도 엄숙한 장면을 목격하게 되었다. 지금도 생각하면 몸서리가 쳐지는 한편 통쾌한 기분이 든다. 처형대가 쓸쓸히 서 있고 등심초가 화려하게 나부끼던 바로 그곳에서 소령은 구스타프를 발견한 것이었다. 늑대 무리들과 대항해 싸우느라 구스타프는 거의 기진맥진해 있었다. 두 마리는 그의 총에 맞아 쓰러져 있었고, 말 앞으로 바짝 다가와 뛰어오르는 다른 한 마리를 쇠망치로 막으면서, 동시에 나머지 놈들을 분노와 불안에 가득 찬 시선으로 노려보고 있었다. 하지만 굶주린 늑대들이 얼마나 사납고 집요하게 달려드는지, 몸이라도 한 번 잘못 돌리거나 한눈이라도 파는 날에는 언제 습격을 당할지 모르는 상황이었다. 이렇게 촉각을 다투는 절박한 순간에 소령이 도착한 것이다. 내가 도착했을 무렵 유성처럼 나타난 소령은 벌써 죽음을 불사하고 늑대 무리 속으로 뛰어들고 있었다. 당시 자신을 돌보지 않는 소령의 모습은 거의 섬뜩해 보일 정도였다. 마치 물불을 가리지 않는 맹수처럼 그는 무리 속으로 뛰어들어 온몸으로 싸웠다. 좀 뒤늦게 도착한 나는 그가 말에서 뛰어내리는 모습을 살펴볼 겨를은 없었고, 그의 총소리만 두 번 들었을 뿐이다. 내가 현장에 도착하는 바로 그 순간 소령은 늑대를 향해 번쩍이는 엽도를 들이대고 있었다. 소령은 이미 말에서 내린 후였다. 그리고 삼사 초가량 지난 후에야 사냥총을 꺼내 든 나는 늑대를 향해 방아쇠를 당겼다. 그제야 고약한 늑대들은 안개 속으로 빨려 들어가듯 순식간에 사라져 버렸다.

"서둘러 장전하시오."

소령이 외쳤다.

"놈들이 곧 이리로 다시 몰려올 거요."

그는 바닥에 널브러진 총들을 서둘러 집어 들고는 총알을 장전하기 시작했으며, 우리도 따라 장전했다. 잠시 쉬며 숨을 돌리려는 순간 처형대 주변을 서성이는 기분 나쁜 발자국 소리들이 들려왔다. 굶주림에 지친 초조한 늑대들이 아직도 우리 주변을 서성거리고 있는 것이 틀림없었다. 다시 공격해 올 준비를 하는 것 같았다. 원래 늑대란 종족은 배가 고프지 않을 때는 비겁한 놈들이다. 늑대 사냥에 대비해 따로 준비한 것도 없는데다, 안타깝게도 앞이 보이지 않을 정도로 짙은 안개 때문에 우리는 성으로 방향을 돌렸다. 혼비백산한 말들은 성을 향해 돌진했다. 그렇게 정신없이 달리는 동안 나는 잿빛 안개 속에서 내 옆을 따라오는 듯한 어두운 그림자를 몇 번 보았다. 놈들이 우리 곁을 끈질기게 쫓아오고 있어, 한순간도 경계를 소홀히 할 수 없었다. 소령이 왼쪽에서 총을 한 발 쏘았으나, 우리는 서로 이야기할 겨를이 없었기 때문에 어떤 상황이었는지 짐작할 수가 없었다. 마침내 공원에 도착한 우리가 정문을 박차고 안으로 들어서자마자, 안에서 기다리고 있던 예의 그 멋지고 점잖은 불도그들이 우리 옆을 스치며 쏜살같이 달려 나갔다. 그와 동시에 늑대들을 뒤쫓아 황야를 달리는 개들의 으르렁거리는 소리가 공원 밖 자욱한 안개 사이로 울려 퍼졌다.

"모두 말에 오르고 사냥개들도 모조리 풀어놔, 불도그들이 다치면 안 되니까. 이웃들에게도 도움을 청하게. 며칠이 걸리는 한이 있더라도 최대한 끝까지 쫓아가 보게. 늑대를 사살하면 한 마리당 두 배로 보상해 줄 테니. 물론 처형대 부근에 쓰러져 있는 놈들은 예외로 하겠네. 우리가 직접 잡은 것들이니. 그리고 떡갈나무 근처를 뒤지면 몇 년 전에 내가 구스타프에게 선물한 권총 한 자루가 보일 거야. 손에는 총이 한 자루밖에 없었고 다른 한쪽 총집은 비어 있는 걸로 보아 그곳에 분명히 있을 테니 잘 살펴보게."

소령은 급히 달려오는 하인들에게 큰 소리로 지시했다.

"최근 오 년 동안 늑대가 이렇게 인근으로 내려온 적이 없어 적어도 여기는 안전했는데, 아마도 올겨울엔 혹한이

닥칠 것 같소. 늑대들이 여기까지 내려온 걸 보니, 북쪽 지방에는 벌써 겨울이 시작된 모양이오."

우리가 정원을 지나가는 동안 소령은 내게 이렇게 말했다.

주인의 명령을 들은 하인들은 지체 없이 지시를 하달한 것으로 보였다. 한 무리의 사냥꾼들이 완전무장을 하고 나섰으며, 털이 덥수룩한 개들이 그 옆에 대기하고 있었다. 헝가리 초원산인 이 멋진 개들은 이곳에서는 없어서 안 되는 존재인 것 같았다. 이웃들을 어떻게 소집할 건지 의논한 다음, 이들은 곧 사냥을 나섰다. 다시 돌아오려면 적어도 일이 주, 아마도 그보다 더 오래 걸릴지 모른다.

우리 세 사람은 말에서 내리지도 않은 채, 이런 식으로 준비하는 과정을 대부분 지켜보았다. 그리고 농사農舍에서 성으로 말머리를 돌리고 나서야 우리는 구스타프가 부상을 당한 사실을 알게 되었다. 즉 성문 아치에 이르러서 방이 있는 숙소로 향하는 순간 갑자기 구토 증세를 일으키며, 그가 몸을 가누지 못한 채 말에서 떨어질 뻔한 것이다. 다행히 하인 한 명이 잽싸게 그를 부축해서 말에서 내려놓았는데, 그제야 말의 엉덩이 부분이 피로 흥건히 물들어 있는 것이 보였다. 우리는 구스타프를 정원 맞은편에 있는 일층 건물로 옮겼다. 소령은 곧 하인들에게 난로에 불을 지피고 침대를 준비하라고 명령했다. 그러는 동안 다친 부분이 드러났고, 소령이 직접 상처 부위를 살펴보았다. 허벅지 부분이 가볍게 물려서 심각한 상태는 아니었으나, 이미 출혈이 심한데다 늑대와 싸우느라 워낙 긴장을 한 탓에 젊은이는 실신을 한 것이다. 그는 곧 침대로 옮겨지고 동시에 시동 하나는 의사를 부르러 다른 한 명은 브리기타에게 연락하기 위해 출발했다. 한편 소령은 계속 침대 옆에 앉아서 정신을 잃은 구스타프가 빨리 회복되도록 정성껏 돌보았다. 마침내 의사가 도착하고, 그는 환자에게 원기회복제를 처방해 주었다. 치료하는 동안 그는 젊은이의 상처가 별로 심한 상태는 아니라면서, 오히려 출혈이 물린 상처에 흔히 나타날 수 있는 심한 염증을 완화시켜 주는 역할을 했다고 설명해 주었다. 며칠 푹 쉬고 나면 열도 내리고 원기도 완전히 회복될 테지만, 다만 한 가지 환자가 흥분하지 않도록 조심하라는 주의를 주었다. 의사의 말에 우리는 안심을 했다. 모든 사람들의 감사와 배웅을 받으며 의사는 돌아갔다. 모두들 구스타프를 좋아했기 때문에 걱정이 컸던 것이다. 브리기타는 저녁 무렵에 도착했다. 그녀는 긴장을 한 채 아들의 몸을 구석구석 살펴본 다음, 물린 상처 외에는 이상이 없다는 것을 확인한 후에야 안심을 했다. 이렇게 꼼꼼히 살펴본 다음에 그녀는 계속 침대 옆에 앉아서 의사가 처방해 준 약을 아들에게 먹여 주었다. 병실에는 그녀가 이날 밤 묵을 침대가 급히 마련되었다. 이튿날 아침에도 그녀는 아들 옆에 앉아서 숨소리에 귀를 기울였다. 하지만 구스타프는 깨어날 기미도 보이지 않은 채, 너무 달콤하고 기분 좋게 잠들어 있었다. 바로 그 때 가슴 뭉클한 감동의 장면이 벌어졌다.

그날을 나는 아직까지도 생생하게 기억한다. 구스타프의 병세를 알아보기 위해 아래층으로 내려간 나는 병실 옆에 있는 방으로 들어갔다. 이 방의 창문들은 정원을 향해 있다고 이미 말한 적이 있다. 어느새 안개가 걷히고 붉은 겨울 햇살이 앙상한 가지 사이로 방 안을 내다보고 있었다. 미리 와 있던 소령은 창가에 서서 유리창에 얼굴을 바싹 대고 있었는데, 마치 밖을 내다보는 듯했다. 문틈으로 들여다본 환자의 방에는 브리기타가 앉아서 아들을 바라보고 있었다. 방의 창문에는 엷은 커튼이 드리워져 약간 어두웠다. 너무 기쁜 나머지 그녀의 입술 사이로 갑자기 안도의 한숨이 새어 나왔다. 좀 더 가까이 다가가니 부인은 다정한 시선으로 청년의 얼굴을 바라보고 있었다. 막 잠에서 깨어났던 것이다. 긴 잠에서 깨어난 아들이 상쾌하게 주변을 둘러보았기 때문이다. 하지만 바로 그 순간 소령이 서 있던 자리에서도 부스럭거리는 소리가 들렸으므로, 그쪽으로 시선을 돌렸다. 반쯤 몸을 돌린 소령의 눈에는 눈물이 글썽거리고 있었다. 내가 다가가서 무슨 일이 있느냐고 소심스럽게 묻지, 그는 조용히 대답했다.

"내게는 자식이 없소."

귀가 밝은 브리기타가 이 말을 들은 것이 틀림없었다. 그 순간 방문 뒤에서 걸어 나오더니 아주 겸연쩍은 듯 소령을 바라보았다. 당시 그녀의 시선을 나는 뭐라 말로 표현할 수 없을 것 같다. 부탁을 하고 싶은데 차마 입 밖으로 꺼내지 못하겠다는 듯한 표정이었다. 그녀는 다만 "슈테판"이란 말밖에 하지 못했다.

소령은 완전히 몸을 돌렸다. 그리고 두 사람은 잠시 동안 서로를 뚫어지게 바라보았다. 지극히 짧은 순간이었다. 곧 소령이 앞으로 다가서더니, 그녀의 품으로 와락 달려들었고 브리기타 또한 그를 힘차게 포옹했다. 그 순간 방 안에는 조용히 흐느끼는 소령의 울음소리만이 잔잔하게 번져 나갔다. 그녀는 점점 더 세차게 포옹했다.

"브리기타 이제 영원히 헤어지지 맙시다."

"절대로 헤어지지 말아요, 여보!"

당황한 나머지 조용히 방에서 나가려고 했지만, 부인은 고개를 들면서 나를 만류했다.

"나가실 필요 없어요. 그대로 계세요."

늘 진지하고 근엄해 보였던 여인이 오늘은 그의 목에 매달려 한없이 눈물을 흘렸다. 아직 눈물이 어른거렸지만 그녀는 몸을 들어 나를 바라보았다. 부족하고 가엾은 인간이 지상에서 할 수 있는 가장 아름다운 것은 용서이며, 이는 무엇보다 훌륭하리라. 이 순간 그녀의 아름다움은 더욱 화려하게 빛났으며, 내 마음에는 깊은 감동의 물결이 잔잔하게 일었다.

“가엾은 사람.” 소령은 목이 메어 말했다. “당신을 버리고 떠돌아다녔던 십오 년 세월 동안 너무 많은 고생을 했구려.”

하지만 그녀는 두 손을 모은 채 애원하듯 그의 얼굴을 바라보며 빌었다.

“제가 잘못했어요, 슈테판, 저의 오만함을 용서해 주세요. 당신이 얼마나 훌륭한 분인지 저는 미처 몰랐어요. 그건 자연의 섭리였나 봐요. 아름다움의 조용한 법칙이 우리를 재결합시켜 준 거예요.”

소령은 그녀의 말을 가로막으며 말했다.

“그렇소, 브리기타. 당신 말대로 우리를 이끈 것은 아름다움의 법칙이오. 나는 그 아름다움이 인간의 마음속에, 고향에 두고 온 여인의 마음속에 있다는 사실을 배우느라 온 세상을 떠돌아다녀야만 했소. 오직 나만을 위해 성실하고 꿋꿋이 살아온 여인을 나는 영원히 잃어버린 줄 알았소. 하지만 이 세상 어디에서나 항상 당신 생각뿐이었다오. 오, 내 아들의 어머니인 브리기타! 밤이나 낮이나 당신을 잊은 적이 한시도 없었다오.”

“당신을 잃지 않았군요. 늘 지난날을 후회하며 저는 슬

픈 나날을 보냈죠! 당신이 얼마나 훌륭한 분인지 이제야 깨달았어요, 이제야 말이에요, 슈테판!"

다시 찾은 행복을 확인이라도 하듯 두 사람은 떨어질 줄 모른 채 그렇게 포옹을 하고 있었다. 커다란 짐에서 벗어나기라도 한 듯 다시금 부둥켜안았던 것이다. 이제 그들에게 새로운 세상이 열렸으며, 이 순간 그들은 티 없이 맑은 어린아이처럼 순수한 기쁨에 도취되었다. 하지만 가장 순수하고 가장 아름다운 사랑의 꽃, 무엇보다 고귀한 사랑의 꽃은 바로 용서이리라. 그러므로 용서란 언제나 신이나 어머니에게서만 찾을 수 있는 것이다. 아름다운 마음은 용서를 할 줄 알지만, 악한 마음은 절대 용서를 모른다.

두 사람은 다시 나의 존재를 까맣게 잊어버린 채 구스타프가 있는 병실로 향했다. 사태를 어렴풋이 짐작한 듯 구스타프는 조용히 두 사람을 바라보고 있었다. 두 사람의 아름다운 모습은 활짝 피어오른 장미꽃처럼 눈부셨다.

"이제야 말하지만, 구스타프, 이분이 바로 너의 아버님이란다."

문턱을 넘어 어두운 방 안으로 들어서면서 브리기타는

이렇게 말했다.

하지만 이 순간 나는 정원으로 나가면서 생각에 잠겼다.

"오, 부부간의 사랑이란 얼마나 성스러운가! 그렇게 고귀한 사랑을 여태 깨닫지 못한 채 덧없는 사랑의 불꽃에만 눈이 어두웠으니 너는 얼마나 한심한 존재인가."

뒤늦게 다시 성으로 돌아왔을 때는 모든 수수께끼가 풀리고 원만하게 해결된 후였다. 집 안은 밝은 태양처럼 환한 기쁨으로 충만해 있었다. 모두들 두 팔을 활짝 벌리고 가장 행복한 순간의 증인으로서 나를 반겨 주었다. 사방으로 나를 찾아 헤맨 모양이었다. 그들이 한창 행복한 순간에 도취되어 있을 무렵, 슬그머니 그곳을 빠져나왔기 때문이다. 이날 두 사람의 관계에 대해 나는 부분적으로 띄엄띄엄 들었으며, 다음 날에는 나머지 이야기, 즉 이미 여러분에게 종합해 들려주었던 이야기들을 모두 들을 수 있었다.

나의 여행 친구는 바로 슈테판 무라이였다. 세상을 떠돌아다니는 동안 그는 모계 쪽의 이름인 바토리를 사용했던 것이다. 그래서 나는 그 이름이 본명인 줄 알았다. 하지만 평소 그는 소령으로 불리기를 좋아해 모두들 그렇게 불렀다. 소령이란 계급은 실제로 스페인에서 얻은 계급이었다. 그렇게 세상을 두루 돌아다녔던 소령은 내면에서 우러나온 어떤 충동에서 황무지인 이곳 우바르로 오게 되었다. 이렇게 해서 아직 한 번도 와 본 적이 없는 생면부지의 땅에 정착하게 된 것이다. 우바르에서도 그는 물론 소령으로 통했다. 이 낯선 지방에 헤어진 아내가 이웃에 살고 있다는 사실은 일찌감치 알고 있었지만, 바로 찾아가지는 않았다. 그 무렵 브리기타는 농장을 잘 관리해 번창한 덕분에 마로쉘리에서 꽤 유명했던 것이다. 우연한 기회에 소령은 브리기타가 중병에 걸렸다는 소식을 접하게 되었으며, 그 길로 바로 말을 몰아 그녀에게 달려갔다. 당시 열이 너무 심해 그를 알아보지 못했지만, 브리기타가 회복될 때까지 소령은 옆에서 밤을 새워 가며 지극정성으로 돌보았다. 이렇게 만난 두 사람은 서로 눈길을 마주치면서 조용히 사랑의 감정을 싹틔우기 시작했다. 하지만 장래를 같이 하기에는 두려운 마음이 앞섰다. 아직 서로를 잘 몰랐고, 예전의 끔찍한 일들이 다시 일어날까 염려되었던 이들은 여러 해 동안 우정이라는 묘한 관계로 인연을 맺어 왔던 것이다.

운명의 신이 칼을 들기 전까지 두 사람은 이런 관계를 감히 깨뜨릴 엄두를 내지 못했다. 이들을 보다 아름답고 자연스럽게 이어 준 것은 바로 운명의 신이었다.

어쨌든 이제 만사가 잘 해결되었다.

보름 후에는 두 사람의 이야기가 그 지방에 두루 알려지게 되었다. 이들을 축하해 주기 위해 인근에서는 물론 멀리서도 성가실 정도로 많은 사람들이 찾아왔다.

이 해 겨우내내 나는 이들과 함께 그것도 마로쉘리에 머물렀는데, 농장 일로 한창 바쁜 브리기타를 생각한 소령의 자상한 배려 때문이었다. 물론 누구보다 기뻐한 사람은 평소 소령을 세상에서 가장 훌륭한 분이라고 좋아하며 따랐던 구스타프였다. 이제 그런 소령을 아버지로 부르게 되었으니, 그의 두 눈에는 소령이 마치 신처럼 위대해 보였으리라.

그해 겨울 비록 늦은 감은 있었지만 훌륭한 행복의 꽃을 피우게 된 두 사람을 나는 지켜보았다.

이 두 사람을 영원히 잊지 못하리라!

이듬해 봄 다시 독일 복장으로 갈아입은 나는 등산지팡

이를 들었다. 그리고 독일로 출발했다. 돌아가는 길에 우연히 가브리엘의 묘비를 지나가게 되었다. 이미 12년 전 꽃다운 나이에 죽은 그녀의 묘석에는 하얀 백합꽃 두 송이가 가지런히 놓여 있었다.

한편으로 우울한 기분이 들기는 했으나, 이내 가벼운 마음으로 발걸음을 재촉한 나는 라이타 강*을 건넜다. 드디어 조국의 아름다운 푸른 산들이 멀리서 어렴풋이 그 모습을 드러내었다.

* Leitha: 도나우 강의 지류로 1918년까지 헝가리와 오스트리아의 국경을 이루었다.

|작품 해설|

1. 작가

이달베르트 슈티프터(1805-1868)는 지금은 체코의 영지가 된 오스트리아의 작은 마을 오버플란에서 가난한 직조공 요한 슈티프터의 장남으로 태어났다. 산업화 시대의 대량 생산에 밀려 직조공으로는 가족을 부양할 수 없었던 요한 슈티프터는 아마 장사와 농사일로 생계를 유지한다.

하지만 그가 교통사고로 사망하자 어린 슈티프터는 조부모와 함께 생활하면서 초등학교를 졸업한다. 이 시절 할아버지와 들일을 하면서 경험한 고향 보헤미아의 자연은 슈티프터 문학 속에서 끊임없이 재창조된다. 후에 그는 어린 시절을 다음과 같이 회고하고 있다.

"우리는 밭을 갈고 써레질을 하여 곡식을 날랐고, 소와 가축도 키웠다. 나는 이 두 해 동안 주변의 고요하고 아름다운 자연과 한적함을 사랑하는 법을 배웠다. 무한한 들판의 고요하고 장엄한 침묵의 세계에 늘 둘러싸여 있었기 때문이다."

초등학교를 우수한 성적으로 졸업한 슈티프터는 교육열이 강한 외조부의 손에 이끌려 크렘스뮌스터의 베네딕트 수도원 김나지움에 입학한다. 난생 처음 정든 고향마을을 떠나온 슈티프터는 크렘스뮌스터 시절을 고향의 자연과 함께 가장 행복했던 시절이었다고 회고한다.

"크렘스뮌스터에서 경험한 소년 시절은 영원히 잊지 못할 아름다운 순간이다. 나의 모든 젊음과 추억이 어린 곳이다."

이 시절 그는 자연과학뿐 아니라 독일 문학에도 심취해 활발한 창작활동을 했다. 김나지움 시절 발표한 수많은 시들은 지금도 학계의 주목을 받고 있다.

크렘스뮌스터는 작가에게 푸른 알프스의 자연을 맘껏 즐길 수 있는 기회를 주었을 뿐 아니라 회화적 재능을 길러 준 산실이기도 하다. 문학적 재능과 화가로서의 꿈을

펼칠 수 있었던 김나지움을 수석으로 졸업한 슈티프터는 1826년 가을 빈 대학에 입학한다. 가난한 법학도였던 그는 재상 메테르니히의 아들을 가르치는 등 빈 부유층의 가정교사로 일하며 그림 활동도 병행한다.

슈티프터에게 빈 시절은 가난과 잦은 이사, 사랑하는 여인과의 이별로 힘든 시기였지만, 첫 작품으로 발표한 〈콘도르*Der Kondor*〉가 그를 일약 스타덤에 올려놓은 문학적 황금기이기도 하다. 1840년 발표된 그의 첫 작품은 일정한 직업이 없었던 빈 시절 가정교사로 일하던 밍크 백작의 저택에서 우연히 발견된다. 그가 평소 주머니에 넣고 다니던 원고가 어느 날 백작 딸의 눈에 띈 것이다. 호기심 많은 소녀는 주머니 속의 원고를 꺼내 읽어 보고는 외친다.

"슈티프터 선생님은 작가야. 여자가 하늘을 날고 있어!"

이 원고는 문학에 관심이 많았던 백작 부인의 소개로 빈의 문예잡지에 실리게 된다. 이렇게 문단에 데뷔한 슈티프터는 〈보헤미아의 숲〉 〈숲속의 오솔길〉 〈압디아스〉 〈증조할아버지의 가방〉 〈초원마을〉 〈들꽃〉 〈브리기타〉 등을 발표하며 10년 동안 왕성한 창작 활동을 했으며, 이 작품들은 후에 단편집《슈트디엔》으로 다시 출간된다.

1848년 독일 시민혁명은 슈티프터의 인생과 창작 활동에 새로운 방향을 제시하는 전환점이 된다. 정치사회적 현실에 회의를 느낀 그는 혁명이 일어나던 해에 린츠로 거처를 옮긴다. 오랜 빈 생활을 청산한 그는 이곳에서 교육자의 길을 걸으며 열악한 교육환경 개선에 앞장선다. 빈 시절이 슈티프터가 문학적 기반을 다진 시기라면, 생을 마감할 때까지 20년 동안 살았던 린츠 시절은 교육자로서 명성을 확고히 한 시기라고 할 수 있다. 교육자로서 활동하면서도 매일 다섯 시간씩 창작 활동에 몰두했던 슈티프터는 자신의 교육관이 반영된 작품들을 모아 단편집《얼룩돌》을 발표한다. 이 단편집 서문에 실린 "조용한 법칙"은 그의 문학정신을 가장 잘 대변하고 있다. 자연과 우주의 조용한 위대성을 그는 다음과 같이 강조하고 있다.

> 산들바람, 졸졸 흐르는 시냇물, 곡식의 성장, 바다의 물결, 대지의 신록, 푸른 하늘의 광채, 반짝이는 별하늘 등을 나는 위대하다고 생각한다. 화려하게 쏟아지는 소나기, 집을 부수는 벼락, 파도를 일으키는 폭풍, 불을 뿜는 화산, 국토를 매몰하는 대지진들을

나는 더 위대하다고 보지 않는다.

문학사에서 찬사와 혹평을 동시에 받고 있는 교양소설 《늦여름》과 장편 역사소설 《비티코》를 마지막으로 완성한 슈티프터는 1868년 린츠에서 숨을 거둔다.

2. 작품

콘도르

전체 네 장으로 구성된 슈티프터의 데뷔작 〈콘도르〉는 각 장마다 밤, 낮, 꽃, 열매라는 소제목이 달려 있다. 제1장은 일기 형식으로 어느 유월의 달밤 대도시 빈민가의 한 다락방에서 일인칭 화자 '나'가 지붕 위를 배회하는 수고양이와 무언의 대화를 나누면서 시작된다. '나'는 창밖을 내다보며 무언가를 기다린다. 화자가 창가에서 내려다본 빈 뒷골목의 가난한 빈민들의 삶은 기계문명으로 산업화된 화려한 대도시와 묘한 대조를 이룬다.

> 드디어 지붕을 벗어난 달이 푸른 밤하늘 높이 솟아오르자 하늘은 화려하게 반짝이기 시작했다. 은빛은 구름을 온통 물들이며 양철 지붕 사이로 쏟아져 내렸다. 피뢰침과 용마루, 교회 탑은 그 빛에 번득였다. 광활한 대도시의 지붕 위로 연한 잿빛 연기가 지나갔다. 마치 잠자는 사람들의 수많은 가슴을 덮고 있는 베일과도 같았다. 도시 위를 덮고 있는 뿌연 스모그 속에 유일하게 반짝이는 황금빛 점은 저 건너 다락방에서 깜빡이는 호롱불 빛뿐이었다. 가엾은 세탁부가 사는 작은 다락방에서 불빛이 새어 나오고 있었다.

거대한 대도시의 요란한 기계 소리와 함께 먼동이 틀 무렵 화자는 망원경을 손에 들고 하늘로 향한다. 높은 곳에서 세상을 내려다볼 수 있는 망원경은 슈티프터가 즐겨 사용하는 도구이다. 〈보헤미아의 숲〉, 〈들꽃〉에서도 주인공은 망원경을 통해 멀리 있는 자연 경관을 가까이 끌어당기며, 《빈과 빈 사람들》에서는 도시의 중심인 높은 탑에서 대도시를 관찰한다.

제2장의 이야기는 삼인칭 화자로 시작한다. 한적한 산골마을에서 대도시로 이사 온 젊은 화가 지망생은 일기에서처럼 특별한 밤을 보내고 황금빛 햇살이 가득한 다락방에 앉아 있다. 텅 빈 캔버스 앞에 앉아 있지만 그림은 손에

잡히지 않는다. 주인공은 대담하고 우아한 연인 코르넬리아의 자만심과 자유의지 때문에 괴로워한다. 이때 장면은 화가의 방에서 열기구가 떠다니는 높은 창공으로 이동한다. 망원경을 통해 본 열기구에는 코르넬리아가 창백한 모습으로 앉아 있다. 남성 못지않은 영웅적인 용기를 얻기 위해 고대 로마의 귀족 코르넬리아의 이름을 따온 그녀는 수천 년 동안 내려오던 여성의 한계에 도전하기 위해 기구 여행에 참여한 것이다. 하지만 "여성다운 면모와 예의를 잃지 않으면서도 남성과 동등하게 강인한 면을 보여 주고자 했던" 삼십 분 전의 그녀의 모습은 찾아볼 수 없다. 몽블랑 높이에서 내려다본 하늘은 우리가 지상에서 즐기던 상쾌한 하늘이 아니며, 아름다운 지구도 깊이를 알 수 없는 검은 심연이 되어 버렸다. "태양조차 온기도 빛도 없는, 공중을 떠도는 한 조각의 얇은 금속편에" 불과했다. 익숙한 지상과는 달리 하늘에서는 모든 것이 낯설고 망망대해처럼 무한하다. 어지러움을 느낀 코르넬리아는 결국 하늘에서 버티지 못한다.

제3장에서는 일인칭 화자 '나'가 다시 등장한다. 그림을

그리던 젊은 화가 구스타프는 연인의 편지를 받고 더 이상 그림을 그리지 못한다. 얼마 후 그림으로 다시 만난 두 사람은 점차 사랑의 열정과 기쁨으로 충만해진다. 기구 여행에 실패한 코르넬리아는 이제 연약하고 겸허한 여인의 모습으로 돌아온다. 천상과 지상, 밤과 낮이 겹쳐지고, 위와 아래, 하늘과 땅이 하나가 되듯이 구스타프와 코르넬리아는 입맞춤을 통해 하나가 된다. 하지만 사랑의 맹세를 한 구스타프는 "이 세상 모든 사람들 앞에 위대한 인물로 떳떳이 나서기 위해" 여행을 계획한다.

제4장은 파리의 한 레스토랑에서 두 장의 그림을 놓고 사람들이 언쟁을 하는 장면에서 시작된다. 이때 화랑으로 발걸음을 옮긴 삼인칭 화자는 달밤의 야경, 즉 공중에서 내려다본 대도시의 야경과 강변의 달밤을 그린 두 장의 몽상적인 그림을 만난다. 카탈로그에 적힌 화가의 이름을 본 그는 주인공을 떠올린다. 그리고 여러 해가 지난 후 화자는 화랑에서 우연히 보았던 베일을 쓴 여인이 코르넬리아임을 알게 된다. 그림을 보고 집으로 돌아온 코르넬리아는 항상 커튼을 내린 어두운 방에서 눈물을 흘리며 괴로워한

다. 작가는 망원경과 베일, 밤과 낮, 태양과 달, 지상과 천상이라는 대조적인 언어 효과를 통해 자연과 우주, 인간의 관계를 상징적이면서 은유적으로 보여 주고 있다.

이 짧은 이야기는 고향의 아름다운 자연을 노래한 슈티프터의 많은 작품들과는 달리 빈을 무대로 하고 있다. 기구를 타고 하늘을 나는 여인과 대도시 빈민가의 다락방에 사는 가난한 화가와의 사랑을 그린 〈콘도르〉는 세상에 나오자마자 주목을 받는다. 이렇게 문단에 데뷔한 그는 왕성한 창작 활동을 하며 마침내 경제적 정신적 안정을 찾게 된다.

제목인 "콘도르"는 당시 빈에서 유행하던 열기구의 이름이다. 슈티프터는 영화로 우리에게 널리 알려진 프랑스 작가 쥘 베른의 과학소설 《80일간의 세계일주》보다 30년 앞서 열기구 여행을 작품의 소재로 다룬 셈이다. 하늘을 날고 싶어 하는 인간의 욕망은 고대 그리스 신화의 다이달로스까지 거슬러 간다. 그의 아들 이카루스는 날개를 달고 하늘을 날다 태양에 너무 가까이 다가가는 바람에 날개를 붙여 놓은 왁스가 녹아 바다에 빠져 죽고 다이달로스만 살아남는다.

날고자 하는 인간의 욕망은 1807년 야콥 데겐Jakob Degen에 의해 최초로 시도된다. 종이와 천, 대나무를 이용해 인공으로 날개를 만들어 하늘을 날던 그는 1840년대 당시로서는 가장 거대한 기구였던 "빈의 독수리Adler von Wien"를 만들어 도심 대공원에서 비행을 했다. 작품 〈콘도르〉는 이 무렵 유행했던 "빈의 독수리"를 모델로 한 것으로 보인다. 가스를 이용해 하늘을 나는 기구는 비더마이어 시대의 과학적 상징으로 빈 시민들의 뜨거운 관심사였다.

작가의 문학적 상상력과 자연과학적인 전문 지식이 돋보이는 이 작품은 매우 사실적이어서 오늘날에도 충분히 가능한 현실적인 내용을 다루고 있다. 기구를 타고 하늘을 날으면서 보는 천체의 신비로움은 당시로는 획기적인 장면들이다. 작품에 나오는 세밀한 천체 묘사는 빈의 물리학자인 안드레아스 폰 바움가르텐의 "물리학"에 나오는 내용과 거의 일치할 정도로 정확하다. "검은 심연"과 같은 하늘과 "하얀 금속을 예리하게 잘라 놓은 듯한 빛도 없는 태양"은 오늘날 관측한 장면과 크게 다르지 않다.

〈콘도르〉의 모티프는 크게 둘로 나눌 수 있다. 첫 번째는 젊은 화가 구스타프와 신분이 높은 여인 코르넬리아의 절망적인 이별, 두 번째는 무한한 우주를 경험할 수 있는 천체 여행을 하지만 중도에 포기해야 하는 여인의 연약함이다. 평소 장 파울의 작품을 즐겨 읽었던 슈티프터는 기구 여행 장면에서 그의 영향을 특히 많이 받고 있다. 우주 공간에서 느끼는 심오한 상실감, 지구에서 멀어지는 장면에서의 놀라움, 망망대해와 같은 넓은 우주에서 느끼는 인간의 무서운 고독감 등 많은 부분에서 그의 직접적인 영향을 보여 주고 있다. 19세기 말까지만 해도 그는 장 파울과 함께 지구를 무한한 우주의 한 행성으로 보며 주요 테마로 다룬 유일한 독일 작가였다.

브리기타

1842년 완성된 이 작품에는 슈티프터 개인의 경험이 상당히 많이 반영되었다. 친정에서 여름휴가를 보낸 부인을 데려오기 위해서 도나우 강변을 따라 헝가리와 세르비아의 국경 도시를 여행한 경험이다. 평생 그의 재정 지원자였으며 동료였던 구스타프 헤켄아스트 등 그는 개인적으로 헝가리와 밀접한 관계를 맺고 있다. 당시 헝가리는 오스트리아 합스부르크 왕가의 지배를 받고 있었으며, 1867년 오스트리아 헝가리 제국으로 승격되었지만 정식으로 독립을 선언한 것은 제1차 세계대전 이후다.

전체 4장으로 구성된 소설의 도입부에서 작가는 호감이나 혐오감은 인간의 마음에서 우러나온다는 도덕적인 근본 원리부터 이야기한다.

> 추한 사람의 얼굴에서도 가끔 내면의 아름다움을 발견할 수 있다. 반면 아름답다는 찬사를 듣는 사람의 모습에서 우리는 냉정함과 공허함을 느끼게 되는 경우도 있다. 마찬가지로 우리는 종종 전혀 모르는 사람에게 끌리는 경우가 있어, 그의 태도나 행동에 호감을 느낀다. 그가 우리를 떠나면 슬퍼하고, 오랜 세월이 지난 후에도 그를 생각하면 어떤 그리움이나 사랑의 감정을 갖게 된다.

제1장 "초원의 산책"에서 일인칭 화자는 자신을 헝가리

로 초대한 소령을 회상한다. 표면적으로 수많은 남성들의 관심을 끌고 여성들의 마음을 온통 뒤흔들어 놓을 정도로 특이한 매력을 지닌 소령은 한곳에 오래 정착하지 못하는 성격 탓에 이상한 소문에 휩싸인다.

한편 이탈리아 남부 지방을 여행하다 알게 된 화자는 소령을 '섬세한 미적 감각'을 지닌 인물로 존중한다. 화자는 소령의 독특한 면을 이해하기 위해 그가 살고 있는 우바르 성을 방문하기 전에 헝가리 지방을 두루 여행한다. 우바르에 거의 다 도착했을 무렵, 화자는 모범적으로 잘 경작된 들판에서 활기차게 일하는 여인을 만난다. 농장 관리인쯤으로 여겼던 그녀는 그를 우바르 근처로 인내해 준다.

제2장 "초원의 집"에서 화자는 소령을 소개한다. 그는 손님을 "마음 깊은 곳에서 우러나온 진심으로" 환영하며 무한한 신뢰를 보여 준다. 손님인 화자는 소령의 농장을 둘러보면서, 훌륭한 농장 관리에 관심을 갖는다. 습지를 개발한 농지를 경제적으로 운영해 안정된 수익을 얻고 있는 소령은 농촌 계몽과 발전에도 심혈을 기울인다. 여기서 소령은 19세기 후반 헝가리 귀족들이 지니는 국가의식이

투철한 지식인으로 묘사된다.

> 우리 정부는 역사적으로 유서가 깊고 오랜 전통이 있지만, 아직 해야 할 일이 많죠. 책갈피 안에 끼워 놓은 한 송이 꽃처럼 우리는 역사 속에 파묻혀 지내죠. 이 광활한 대지는 생각보다는 값진 보석이라고 할 수 있어요. 하지만 보석도 계속 갈고 닦아야만 빛이 나는 법이죠. 이 세상은 투쟁으로 쟁취할 수 있는 전장이나 다름없으니, 우리의 목적을 위해 함께 투쟁해야 합니다. 이 땅은 얼마든지 꽃을 피우고 아름답게 번창할 잠재력을 지니고 있으므로, 무엇보다 우리는 이 일부터 시작해야 합니다.

소령이 고용한 일꾼들은 그에게 완전히 헌신하며 그를 위해서는 목숨을 바칠 정도로 충성을 다한다. 그는 한때 예술가나 학자가 되고 싶었지만, "소박하고 위대한 마음"이 부족하다는 생각에 포기한다. 이제 그는 동지애를 느끼는 일꾼들을 위해 봉사하고자 한다.

소령은 수확을 마친 후 그 지방에서 명성이 있는 브리기타를 방문할 계획이다. 그는 손님에게 그녀를 "이 세상에서 가장 훌륭한 여인"이라고 소개한다. 한편 이웃의 눈에 그녀는 "호감은 가지만 딱히 뛰어난 미모는 아니고" 그렇지만 "지고한 우정을 받을 만한 자격"이 있는 여인이다.

제3장 "초원의 과거"에서는 브리기타의 삶과 화자의 방문을 다루고 있다. 3장의 주요 개념은 브리기타의 눈을 통해 본 "마음"이라고 할 수 있다.

어릴 때부터 그녀는 추한 외모 때문에 부모로부터 따뜻한 포옹은 물론 사랑의 눈길 한번 받지 못한다. 언제나 아름다운 언니들이 받는 사랑을 "검은 눈망울로 뚫어지게" 바라보거나, "커다랗고 사나운 눈망울"을 두리번거리며 혼자 놀이에 몰두했다. 이런 상황 속에서 성장한 브리기타는 "마음속에 외부와 단절된 환상적인 세계를 싹틔운다."

이제 딸들이 성장하자 그녀의 아버지는 사교모임이나 무도회를 자주 개최했으며, 축제에 초대를 받기도 했다. 어느 날 숙부의 집에서 열린 축제에서 브리기타는 "한 청년의 부드러운 검은 눈동자"가 자신을 향해 있는 것을 느낀다. 각종 사교계의 주목을 받고 있던 멋진 청년 슈테판 무라이였다. 처음엔 무관심했던 브리기타는 그의 시선을 자주 느끼자 밤잠을 설치며 생각에 잠긴다. 슈테판의 구애를 받은 그녀는 "평생 처음으로 마음의 눈물"을 흘린다.

지금까지 "자신의 추한 외모 때문에 감히 사랑할 용기를 내지 못했던 것이다."

슈테판의 주변에는 수많은 아름다운 여인들이 있었지만, 그의 "눈"에는 오직 "가장 숭고하고 지고지순한 사랑"을 요구하는 브리기타만 보인다. 마침내 사랑을 확인한 두 사람은 결혼을 하고 일 년 후 브리기타는 아들을 낳는다. 아기가 어느 정도 자라자, 슈테판은 브리기타를 동반해 사교모임에 자주 나가지만, 그녀를 대하는 남편의 태도는 과시적이라는 느낌이 들기 시작한다.

한편 어느 날 슈테판은 사냥을 나갔다가 가브리엘이라는 아름다운 여인의 두 눈과 마주친다. 이웃 백작의 딸인 그녀의 야성미에 매료된 슈테판은 짧지만 열정적인 포옹을 한다. 이후 슈테판은 더 이상 그녀를 만나지 않았고, 멀리 떨어진 영지로 가서 농지를 개간한다. 하지만 수치심과 모욕감을 느낀 브리기타는 헤어지기로 결심한다. 남편이 용서를 구하고 사정을 해 보았지만, "분노에 가득 찬 눈빛으로 차갑게" 쏘아볼 뿐이다. 이제 슈테판이 떠나자, 그녀는 뜨거운 고통의 눈물을 흘린다.

그러나 헤어진 후 두 사람은 놀랍게도 각자 조화로운 삶을 시작한다. 브리기타는 예전처럼 외로운 생활을 하면서 농장을 경영하고 남자처럼 일을 한다. 그리고 유일하게 사랑하는 아들의 교육에 전념한다. 무라이는 브리기타의 농장 근처에 정착하기 전까지 낯선 사람들과 어울리며 정처 없이 세상을 다니며 여행을 한 것이다.

마지막 장 "초원의 현재"에서는 슈테판의 과거 모습에서 "현재"의 모습으로 돌아온다. 화자의 눈에는 브리기타를 극진히 대하는 소령의 모습이 인상적이다. 두 사람 사이에 깃든 은근하지만 애틋한 정이 느껴진다.

소령의 사랑과 기쁨으로 충만한 그녀의 얼굴은 "늦여름에 화사하게 피어오른 장미꽃 같았다." 하지만 두 사람은 "아름다운 우정을 지켜 나가면서 서로 성실하게 노력하고 협동해 나가는 관계일 뿐 그 이상은 아니었다." 그렇게 각자의 농장을 소유하지만 그들은 서로 긴밀한 유대감을 느꼈으며, 농지를 개간하고 관리할 때도 공동의 목표를 향해 나가고 있었다.

이들의 관계는 아들 구스타프로 인해 더욱 가까워진다.

어느 겨울 날 소령과 그의 손님인 화자가 늑대의 위협을 받고 있는 구스타프를 구해 준 것이다. 부상을 당해 실신한 구스타프가 회복되어 눈을 떴을 때, "다정한 눈빛으로 아들을 바라보던" 브리기타는 행복한 안도의 한숨을 내쉰다. 이 모습을 지켜보던 소령은 자신에게 함께할 수 있는 아들이 없어 괴로워하고, 그의 아픔을 눈치챈 브리기타와 슈테판은 드디어 서로의 잘못을 용서하고 화해한다.

아직 눈물이 어른거렸지만 그녀는 몸을 일으켰다. 부족하고 가엾은 인간이 지상에서 할 수 있는 가장 아름다운 것은 용서이며, 이는 무엇보다 훌륭하리라. 이 순간 그녀의 아름다움은 더욱 화려하게 빛났으며, 내 마음에는 깊은 감동의 물결이 잔잔하게 일었다.

자신의 잘못을 고백한 두 사람은 그동안 많은 것을 배운다. 진정한 아름다움은 "마음"에 있다는 사실이다. 용서의 신성한 힘을 목격한 화자는 "비록 늦은 감은 있지만 훌륭한 행복의 꽃을 피운 두 사람"의 모습을 보고 감동을 느낀다.

가장 순수하고 가장 아름다운 사랑의 꽃, 무엇보다 고귀한 사랑의 꽃은 바로 용서이리라. 그러므로 용서란 언제나 신이나 어머니에게서만 찾을 수 있는 것이다. 아름다운 마음은 용서를 할 줄 알지만, 악한 마음은 절대 용서를 모른다.

이 소설이 발표된 19세기 유럽은 급격한 산업화로 기존의 도덕 개념이나 윤리관이 흔들리고, 현실적 유물론적 사고방식이 등장하기 시작한다. 이런 시대적 상황 속에서 슈티프터는 결혼의 신성함과 부부간의 헌신적 사랑을 브리기다와 슈테판 이야기를 통해 보여 주고 있다. 두 주인공의 변화 과정은 작가의 문학정신인 '조용한 법칙'을 통해 이해할 수 있다. 젊은 시절 슈테판은 화산이 폭발하듯 열정적인 사랑을 하고 정처 없이 방황하지만, 나이가 들면서 진지하고 성실하며 헌신적인 사랑을 한다. 브리기타 역시 삭막한 황무지처럼 폐쇄적이고 반항적인 젊은 시절을 보냈지만, 만년에는 성실하고 다정하며 희생적인 사랑을 보여 준다. 겉으로 보이는 열정적인 사랑은 깨어지기가 쉽지만, 조용한 인내와 노력으로 정화된 진실한 마음은 결국 모든 어려움을 극복하며, 이런 마음을 통해 부부간의 숭고한 사랑이 완성된다.

주인공 브리기타의 모델은 브란덴부르크 변방의 프리드란트Friedland 출신의 한 여인이다. 외도한 남편과 헤어진 후 친정에서 물려받은 유산을 성공적으로 경영해 번창시킨 이 여인을 슈티프터는 문학적으로 승화시켰으며 농업 관련 지식도 그녀를 통해 얻은 것으로 추정된다.

|아달베르트 슈티프터 연보|

1805 아달베르트 슈티프터Adalbert Stifter 오스트리아 오버플란Oberplan에서 탄생.

1817 아버지 요한 슈티프터Johan Stifter 사망.

1818 크렘스뮌스터Kremsmunster에 있는 베네딕드 수도원 김나지움에 입학.

1820 어머니 막달레나 슈티프터Magdalena Stifter의 재혼.

1824 물리학자이며 천문학자인 마리안 콜러Marian Koller에게 사사. 그의 영향으로 자연과학에 관심을 갖게 됨. 최초의 문학 창작 시도. 게오르크 리젤마이어Georg Rieselmaier에게 미술 수업 사사.

1826 크렘스뮌스터 김나지움 수석 졸업. 빈 대학 법학과 입학. 물리학, 수학, 천문학 수업 병행. 생계비를 위한 가정교사 활동.

1827 프리드베르크Friedberg 출신의 부유한 아마 무역상의 딸 파니 그라이플Fanny Greipl과의 사랑.

1829 여름방학 동안 파니와 그녀의 오빠와 함께 바트 할Bad Hall에 체류. 자전적 소설 〈율리우스*Julius*〉 탄생.

1830 파니와의 불안한 관계. 린츠 잡지에 오스타데Ostade라는 가명으로 파니에게 보내는 8편의 사랑의 송가 발표.

1832 시험 불참으로 프라하 대학 물리학 교수채용시험에 낙방. 린츠 고등학교 교사자격시험에 실패.

1833 파니와의 결별.

1835 가난한 퇴역 군인의 딸 아말리아 모하우프트Amalia Mohaupt와 약혼. 〈콘도르*Der Kondor*〉 집필 추정.

1837 동거하던 아말리아와 결혼.

1839 파니 사망.

1840 《빈 종합 예술 잡지*Wiener Zeitschrift für Kunst, Literatur, Theater und Mode*》에 〈콘도르〉〈초원마을*Das Heidedorf*〉〈들꽃*Feldblumen*〉 연재.

1841 전집 《빈과 빈 사람들*Wien und Wiener*》 발행. 《빈 종합 예술 잡지》에 〈증조할아버지의 가방*Die Mappe des Urgroßvaters*〉 발표. 〈보헤미아의 숲*Der Hochwald*〉 이리스 문고판으로 발표.

1842 〈브리기타Brigitta〉〈나렌부르크*Die Narrenburg*〉 발표.

1843 〈압디아스*Abdias*〉〈하얀 외투의 작용*Wirkungen eines weißen Mantels*〉 발표.

1844 〈오래된 인장*Das alte Siegel*〉〈세 대장장이의 운명*Die drei Schmiede ihres Schicksals*〉, 〈외로운 노인*Der Hagestolz*〉 발표. 《슈트디엔*Studien*》 1권과 2권 발표.

1845 부인 아말리아와 함께 오버플란, 프리드베르크, 잘츠캄머구트Salzkammergut로 여행. 〈숲속의 오솔길*Der Waldsteig*〉〈크리스마스 이브*Der heilige Abend*〉(후에 〈수정*Bergkristall*〉으로 제목 변경) 〈자매*Die Schwestern*〉 발표.

1846 뮌헨으로 여행. 〈이런 전나무 이야기*Der beschriebene Tännling*〉〈확신*Zuversicht*〉〈숲 속의 남자*Der Waldgänger*〉 발표.

1847 아말리아의 여섯 살 난 조카 율리아나 모하우프트 입양. 《슈트디엔》 3권과 4권 발표.

1848 독일혁명에 가담. 프랑크푸르트 국민의회 투표구 선거인으로 선출됨. 자신의 이상과 다른 정치적 현실에 실망해 린츠로 이사.

1849 교육정책 문제와 관련 북오스트리아 주 정부에 조언. 정

치, 학교교육, 법률 문제 관련 논문 발표. 중세 역사소설 연구. 〈페히브레너*Die Pechbrenner*〉(후에 〈화강암*Granit*〉으로 수정) 발표.

1850 북오스트리아 초등교육장학관으로 임명됨. 《슈트디엔》 5권과 6권 발표. 경제적 어려움으로 그의 재정 지원자이자 출판사 사장 구스타프 헤켄아스트Gustav Heckenast에게 《슈트디엔》 판권을 넘김.

1852 〈저택의 문지기*Der Pförtner im Herrenhause*〉 발표.

1853 북오스트리아 장학관장으로 임명됨. 《얼룩돌*Bunte Steine*》 발표.

1854 프란츠 요셉 재단의 철십자 기사 훈장 받음. 간경변과 신경질환 발병.

1855 락켄호이저Lackenhäuser에 체류. 오버플란과 프리드베르크 방문.

1856 헤켄아스트와 함께 린츠에서 뵈머발트까지 여행. 《늦여름*Der Nachsommer*》 1부와 2부 집필.

1857 《늦여름》 3부작 완성 발표.

1858 어머니 사망.

1864 지병 악화로 락켄호이저에서 여름휴가. 〈후손*Nachkommen-*

schaften〉 발표.

1865 칼스바트Karlsbad에서 요양. 《비티코*Witiko*》 자료 수집을 위해 프라하와 뉘른베르크 여행. 추밀고문관으로 퇴직. 《비티코》1부 발표.

1866 칼스바트에서 요양. 락켄호이저와 키르히쉴라크에서 휴양. 〈숲 속의 샘*Der Waldbrunnen*〉〈젠체의 입맞춤*Der Kuß von Sentze*〉《비티코》2부 발표.

1867 불안초조증과 정신분열증세 반복. 작센 바이마르 대공으로부터 철십자 기사 훈장 받음. 《비티코》3부 발표.

1868 사망.

권영경

고려대학교 문과대학 독어독문학과를 졸업하고 동 대학원에서 문학박사학위를 취득했다. 옮긴 책으로는《독일인 겐테가 본 신선한 나라 조선 1901》,《보헤미아의 숲 · 숲속의 오솔길》,《외로운 노인》,《위대한 사상가들》,《옷이 날개》 등이 있으며, 현재 고려대학교에 출강하고 있다.

콘도르 · 브리기타 | 고려대학교청소년문학시리즈 025

초판 발행 · 1쇄 2011년7월15일 | 지은이 아달베르트 슈티프터 | 옮긴이 권영경

펴낸곳 고려대학교출판부 | www.kupress.com kupress@korea.ac.kr

136-701 서울특별시 성북구 안암동 | Tel 02-3290-4230, 4232 Fax 923-6311

찍은곳 한국컴퓨터인쇄정보

값 8,000원 ISBN 978-89-7641-752-7 04850 | ISBN 978-89-7641-639-1 (세트)

* 잘못 만들어진 책은 바꿔드립니다.